우리말의 이단아들

영자 야모 점숙 병재

이번 생의 동행자들에게

우리말의
이단아들

식민지 조선 모던쏘이의 자기 고백 서사

김병길 지음

김기림은 이상, 박태원, 이태준, 김유정 등과 함께 결성한 동인 '구인회'
의 기관지 『시와 소설』(1936) 창간호에 자신의 좌우명을 소개하면서,
"결국은 인텔리겐차라고 하는 것은 끊어진 한 부분이다. 전체에 대한
끊임없는 향수와 또한 그것과의 먼 거리 때문에 그의 마음은 하루도 진
정할 줄 모르는 괴로운 종족이다." 라고 말한 바 있다. 식민지 지식인으
로서 맞닥뜨려야 했던 소외감, 정확히 말하자면 시대와 불화할 수밖에
없었던 자신의 처지를 고백한 것이다. 같은 지면에서 이태준은 소설을
'인간 사전'으로 정의하거니와, 두 사람의 말을 하나로 갈음컨대 방외자
가 기록한 근대인의 일상이 곧 소설이라 할 수 있다. 게오르그 루카치가
소설을 두고 세계와의 대결에서 패배한 자들의 이야기이자 근대 자본
주의의 필연적인 산물이라 말했던 사정 역시 유사한 맥락이었을 터다.

「윤회설(輪迴說)」이라는 단편소설 창작을 통해 일찍이 김동리는 순수문학의 논리를 우회적으로 표출한 바 있다. 그가 이 작품에 끌어들인 모티프는 바로 '두꺼비 설화'였다. 구렁이에게 스스로 먹힘으로써 구렁이를 자궁 삼아 수많은 새끼를 번식시킨다는 이 전통설화의 프리즘에 작가 당대의 현실을 투영시켰던 것이다. 좌우익의 이념 갈등이 극에 달했던 해방기에 김동리가 내세운 그와 같은 논리는 약자의 정신주의였다. 말하자면 두꺼비의 생존 전략에 빗댄 소설 창작이 순수문학의 정신을 비호하기 위한 실천이었던 셈이다. 김동리는 겉으로 문학을 계급 혹은 민족 너머 그 어디쯤에 존재하는 인간 운명에 관한 순전한 이야기인 듯 말하나, 실상 그에게 있어 소설 창작은 계급문학에 대항하기 위한 최후의 보루나 다름없었다. 이렇듯 우리 근대소설은 루저(loser) 지식인의 자화상이자 약자의 이데올로기를 잉태시킨 글쓰기였다. 김동인과 김동리, 두 작가의 인연에 얽힌 일화에서 그 같은 글쓰기의 두 얼굴을 만나게 된다.

'희조'라는 옛말이 있다. 광대 혹은 재인(才人)을 가리킨다. 김동인에게 소설가는 바로 이 희조였다. 신춘문예 당선작 「화랑의 후예」로 이제 막 문단에 이름을 올린 김동리는 자신의 작품을 심사한 김동인을 찾아 그가 홀로 운영하는 잡지사를 방문한다. 이 패기 넘치는 신예작가는 문단의 거목으로부터 전도유망한 작가가 되리라는 격려를 받으리라 내심 기대해 마지않았다. 그러나 김동인의 반응은 예상과는 전연 달랐다. 야담 이외의 작품은 이제 쓰지 않느냐는 다소 실망 섞인 김동리의 물음에 김동인은 "뭐, 얼마 다르겠소? 소재의 차이는 있지마는. 이것두 대부분 상상으로 만드는 이야기니까, 소설이라고 보면 소설이고⋯⋯." 라며 심드렁하게 답한다. 창작(소설)과 야담이라면 비교를 하는 것만 해도 문학에 대한 모독같이 생각하던 김동리는 "같은 사람이 소설도 쓰고 야담도 쓸 때, 문장에 있어서는 별 차이가 없겠지요, 그렇지만 인물의 성격을 창조한다거나 하는 점은 전혀 다르잖겠어요?" 라며 선배 문인의 말을 반박해보지만, "우리나라 독자들은 수준이 얕아요."라는 한마디에 더 이상 말을 잇지 못한다. 한갓 희자(戲子)에 지나지 않는 소설가의 글쓰기란 호구지책에 불과하다는 김동인의 자조 섞인 이 말은 김동리에게 가히 충격적이었다. 후일 문학을 생의 구경(究竟)에 대한 탐구, 곧 종교적 구도에 버금가는 업으로 여기며 그 운명에 순응할 김동리였으니 말이다.

우리의 근대소설은 본시 박래품(舶來品)이었다. 신문과 잡지는 그 대량생산과 유포를 책임진 공장이자 요즘 말로 네트워크였다. 이 메커니즘을 통해 대중독자 역시 탄생했다. 개인의 목소리로 모사된 공동체의 현실이 드디어 하나의 문화상품으로 소비되기 시작한 것이다. 지금의 우리는 여전히 실재하지 않은 현실을 마치 실재했던 것처럼 만들어 놓은 이 소설이라는 인공물을 접견할 때 식민지 조선의 근대를 가장 생생히 감각하게 된다. 현대 한국어에는 바로 실재보다 더 실재 같은 가상의 시뮬라크르(근대소설)를 연출해낸 부품들, 곧 일상 언어가 맹렬히 활동 중이다. 그것은 우리 근대의 소설가들이 발명한 일종의 언어적 유전자였으니, 근대 이전의 글말에 과감히 반기를 든 그들이 아니었다면 조선어는 분명 화석어(化石語)가 되고 말았을 터다. 이 이단아들의 창조적인 글말 파괴 공작이 있었기에 식민의 굴레 속에서도 한국어는 꿋꿋이 진화를 거듭했던 것이리라.

이 책은 '한국어문기자협회'의 기관지 『말과 글』에 지난 3년여 동안 '소설어 사전'이라는 제목으로 연재했던 글들을 모아 깁고 고치고 더해 엮은 것이다. 애초에는 일반 독자들에게 우리 소설 속의 아름다운 말과 그 기원을 소개하려는 취지에서 연재를 시작했지만, 어느 순간부터인가 초심을 잊고 작가들의 속내와 행적에 관한 뒷담화로 필자의 펜 끝이 변절하고 말았다. 요주의자 명단에 본의 아니게 이름이 오른 작가들에겐 필자의 식견 얕음을 사죄하고, 친절하지 못한 문장으로 독서의 곤혹함을 겪을 이 책의 독자들에겐 앞질러 양해를 구한다. 이 변변치 않은 글이 빌미가 되어 묻힌 우리 근대소설의 빼어난 작품들을 오늘의 독자들이 만날 수 있다면, 이 책의 소임은 그로써 넉넉히 다 한 것이라 자위하며 여기 사족을 덧댄다.

진눈깨비 쏟아진다, 갑자기 눈물이 흐른다, 나는 불행하다
이런 것은 아니었다, 나는 일생 몫의 경험을 다했다, 진눈깨비

기형도의 시 「진눈깨비」의 마지막 소절은 이렇다. 진눈깨비 내리던 어느 겨울날 시인은 문득 실패한 사랑에 노쇠해버린 자신을 발견한

다. 그리고 얼마지 않아 스물아홉의 그는 삼류 심야극장에서 차갑게 생을 마감했다. 결코 적지 않은 수의 시와 소설을 살펴온 필자의 망막을 유일하게 멍울지게 한 작품, 이상의 「종생기(終生記)」는 이 「진눈깨비」의 데자뷰(deja vu)다. 필자가 뒤늦게 깨달은 사실 하나, 기형도에게 이상은 조로(早老)의 조상이었다.

열네 살에 이미 매춘을 시작한 바람둥이 소녀 정희(貞姬)에게 이상은 농락당한다. 그 사랑의 배신에 혼절까지 한 이상은 장문의 유언장 「종생기」를 써내려간다. 자신의 죽음을 담보로 절망과 맞장뜬 것이다. 그에게 절망은 일시 휘발된 희망의 환각이었을 따름이다. 스물일곱의 늙은이 이상이 21세기 청춘남녀에게 띄운 그 절망의 역설을 이 글을 빌어 소개한다.

여기 이 이상선생(李箱先生)님이라는 허수아비 같은 나는 지난밤 사이에 내 평생(平生)을 경력(經歷)했다. 나는 드디어 쭈굴쭈굴하게 노쇠(老衰)해 버렸던 차에

즉 나는 시체(屍體)다. 시체(屍體)는 생존(生存)하여 계신 만물(萬物)의 영장(靈長)을 향(向)하여 질투(嫉妬)할 자격(資格)도 능력(能力)도 없는 것이라는 것을 나는 깨닫는다.

만 이십육세(滿二十六歲)와 삼십개월(三十個月)을 맞이하는

이상선생(李箱先生)님이여! 허수아비여! 자네는 노옹(老翁)일세. 무릎이 귀를 넘는 해골(骸骨)일세. 아니, 아니. 자네는 자네의 먼 조상(祖上)일세. 이상(以上)

성형 의혹,
샌드위치의 식감,
그리고
동성애 코드의
하이브리드hybrid

한국 최초의 근대적인 장편소설의 영예를 안은 이광수의 『무정(無情)』이 총독부 기관지 ≪매일신보≫에 연재 완료되기까지 숨은 사연들이 적지 않다. 『무정』의 전편은 여주인공 '박영채'가 장차 자신의 지아비가 될 사람으로 여겨온 '이형식'의 눈앞에서 '배학감'에게 정절을 빼앗긴 후 대동강에 몸을 던지기로 결심하고 평양행 기차에 오른 장면에서 멈춘다. 신문사는 바로 이 대목에서 연재를 일시 중단함으로써 이후 전개될 내용에 대한 독자들의 기대감을 한껏 부풀렸다. '영채'는 과연 자살할 것인가? 이형식은 결국 부와 출세를 위해 기생 박영채를 외면하고 '김선형'과 결혼하는가? 독자들은 이러한 궁금증과 함께 가련한 영채를 죽게 할 수는 없다며 원망 섞인 탄원을 작자 이광수에게 쏟아냈다. 오늘날 시청자들의 원성 탓에 드라마의 결말이 달라지는 현상이 이미 백 년 전에도 일어났던 셈이다. 과연 신문사의 일시 연재 중단은 독자들을 애태우기 위한 의도적인 전략이었을까? 사실은 그렇지 않았다. 『무정』을 연재할 당시 이광수는 일본 유학 중이었다. 그런데 『무정』 연재 도중 이광수는 생사를 넘나들 정도로 크게 아팠다. 그때 곁에서 지극한 병간호로 그를 살려낸 이가 허영숙이다. 두 사람의 인연은 그렇게 시작됐다. 후일 기혼자였던 이광수는 첫 번째 부인과 이혼하고 허영숙과 결혼한다. 『무정』에 그려진 삼각관계는 바로 이 자전적 연애 사건의 실시간 중계나 다름없었던 셈이다.

작자 이광수의 자전적 모델이라 할 『무정』의 주인공 이형식은 부유한 '김장로'의 데릴사위로 발탁된다. 김장로의 딸 김선형과 이형식이 약혼을 하고 장차 미국 유학의 길에 오르려는 찰나 이형식의 옛 스승인 '박진사'의 딸 박영채의 등장과 함께 삼각관계의 고전적 이야기 틀이 만들어진다. 이형식은 스승에 대한 부채의식과 보장된 장밋빛 미래 사이에서 갈등한다. 김선영과 박영채를 모두 사랑할 수 없는 고뇌의 순간 배학감에게 순결을 잃은 박영채의 자살 소식은 이형식에게 한줄기 구원의 빛으로 날아든다. 의리를 택할 것인가 실리를 쫓을 것인가. 이형식은 다음과 같은 상상의 세계를 스스로 펼쳐내며 그 고통의 축제를 한껏 즐긴다.

형식의 앞에는 선형과 영채가 가지런히 떠나온다. 처음에는 둘이 다 백설 같은 옷을 입고 각각 한 손에 꽃가지를 들고 다른 한 손은 형식의 손을 잡으려는 듯이 손길을 펴서 형식의 앞에 내어 밀었다. 그리고 두 처녀는 각각 방글방글 웃으며 「형식씨! 제 손을 잡아주세요 네」하고 아양을 부리는 듯이 고개를 살짝 기울인다. 형식은 이 손을 잡을까 저 손을 잡을까 하여 자기의 두 손을 공중에 내어 들고 주저한다. 이윽고 영채의 모양이 변하여지며 그 백설 같은 옷이 슬어지고 피 묻고 찢어진 이름도 모를 비단 치마를 입고 그 치마 찢어진 대로 피 묻은 다리가 보인다. 영채의 손에 들었던 꽃가지는 금시에 간 데가 없고 손에는 더러운 흙을

쥐었다. 형식은 고개를 흔들고 눈을 떴다. 그러나 여전히 백설같이 차리고 방글방글 웃는 선형은 형식의 앞에서 손을 내어밀고 「형식씨 제 손을 잡으세요. 네」하고 고개를 잠깐 기울인다. 형식이가 정신이 황홀하여 선형의 손을 잡으려 할 때에 곁에 섰던 영채의 얼굴이 귀신같이 무섭게 변하며 빠드득 하고 입술을 깨물어 형식을 향하고 피를 뿌린다. 형식은 흠칫 놀래어 흔들었다.[1]

『무정』의 이 상투적 서사에 연구자들은 앞다투어 '한국 최초의 근대적인 장편소설'이라는 타이틀을 헌사하는 데 주저하지 않는다. '근대 한국문학 최고의 베스트셀러', '최초의 신문 1면 소설' 등의 타이틀 역시 심심치 않게 덧붙는다. 오지랖이 넓은 독자들은 이 작품이 청춘남녀의 연애담이자 계몽의 서사로 알고 있을 것이다. 그 같은 영예로운 수사가 붙게 된 이 작품만의 특별한 곡절이 있을 터, 우리의 근대에 대한 일종의 노스텔지아와 같은 그 매혹의 실체는 무엇일까?

그래서 선형은 형식의 좋은 점만 골라 보려 하였다. 형식의 얼굴을 여러 가지로 교정하여본다. 눈초리를 좀 끌어올리고 광대뼈를 좀 들이밀고 손을 좀 작게 하고 기름한 아래턱을 좀 들이밀어서 얼굴을 동그스름하게 만들고 또 뺨과 이마에는 적당하게 살을 붙이고 분홍 물감칠을 하고……이렇게 교정을 하노라면 형식의 얼굴이 차차 자기의 마음에 맞게 된다. 그러나 이따금 들어밀려는 광대뼈가 더 쑥 나오기도 하고 내밀려는 뺨이 더 들어가기도 하며 눈이 몹시 가늘어지기도 하고 혹은 쇠눈갈 모양으로 커지기도 한다. 그렇게 되면 화를 내어서 형식의 얼굴을 발로 왁왁 비벼 부시고 가만히 눈을 감고 앉았다가 그래도 안심이 아니 되어서 다시 형식의 얼굴을 만들기를 시작한다. 어떤 때에는 곧 잘 마음대로 되어서 혼자 쳐다보고 질겨 할 때에 정말 형식이가 즐거운 얼굴을 가지고 들어와서 모처럼 애써 만든 얼굴을 말 못 되게 깨뜨리고 만다. 글을 배우다가 이따금 형식을 쳐다보고는 형식의 얼굴에다가 자기 손으로 만들어 놓은 탈을 씌어 본다. 그러나 그 탈이 잘 씌어지지를 아니 한다. 형식은 있는 정성을 다하여 가장 사랑하는 장래의 아내에게 영어를 가르칠 때에 선형은 열심히 형식의 얼굴을 교정한다. 순애는 그 곁에 앉아서 형식과 선형을 번갈아 보며 두 사람의 생각을 알아보려 한다.[2]

한국 최초의 성형 콘티라 할 이 역사적인 장면이『무정』의 한 페이지를 장식하고 있다는 사실을 대다수의 독자들은 기억하지 못한다.『무정』의 여주인공 가운데 한 사람인 김선형은 영어 개인교사에서 자신의 약혼자로 신분이 바뀐 이형식의 외모에 불만이 가득하다. 하여 잠자리에 누워 장래 자신의 남편이 될 이형식의 얼굴에 끊임없이 상상의 메스를 들이댄다. 김선형의 눈에 이형식의 얼굴은 시쳇말로 '먹어주는' 비주얼이 아니다. 그녀의 시술대로라면 이형식은 남성미 넘치는 이미지보다는 동안의 꽃미남에 가깝게 환골탈태해야 마땅하다. 그런 김선형의 개인적 취향은 시대를 훌쩍 건너 뛰어 오늘날의 미적 감각에 훨씬 가까워 보인다. 『무정』은 이 상징적인 한 장면으로 식스팩에서 에스라인까지 '몸' 때문에 몸살을 앓는 우리 시대의 유행병을 한 세기 전 기시하고 있다. 『무정』의 근대성은 이처럼 일상의 감각으로 근대의 생경한 풍경들을 이야기로 풀어낸 데 있을 것이다.

연재 당시의 인기가 조선팔도를 들쑤셔놓을 정도로 『무정』은 그 자체로 근대적인 현상이요, 문화적 사건이었다. 심지어 지방의 유림들이 들고 일어나 그 부도덕함을 질타하며 연재 중단의 목청을 높였던 일도 전설처럼 전해진다. 여전히 '身體髮膚 受之父母'라는 관념의 감옥에 갇혀 있던 유림들에게 얼굴에 칼을 댄다는 일이 어디 가당키나 했겠는가? 헌데 육체성에 눈뜬 『무정』의 김선형에게 이성으로서 이형식의 몸은 성형을 해서라도 가꿔야 하는 연애 대상일 따름이다. 이광수는 그 몸으로부터 발산되는 매력에 한껏 취한 김선형의 시선을 통해 치욕스런 왕조의 유물 같은 봉건윤리를 보란 듯이 내동댕이친 셈이다. 일찍이 애비 없는 자식임을 자인했던 이광수의 고아의식은 이처럼 육감적인 도발에서 탄력 받은 것인지도 모른다.

이쯤 되면 김선형과 이형식이 어떠한 절차를 거쳐 부부의 연을 맺게 되었을까 자못 궁금해진다. 작품에는 결혼은 미래의 일로 미뤄지고 약혼식이 꽤나 장황하게 그려지고 있다. 애초부터 이형식을 사윗감으로 점찍어 두고 딸의 영어 개인교사로 초빙했던 '김장로'는 두 사람의 약혼을 서구식으로 매듭지으려 한다. 이러한 김장로라는 인물의 이력을 먼저 살펴보건대, 능히 예견된 선택이었다는 것을 알 수 있다. 외교관 출신의 김장로는 서양, 그 가운데에서도 미국을 존경하는 인물이다. 그는 자신의 방을 서양식으로 꾸밀 뿐만 아니라 옷도 양복을 주로 입고 서양식 침상 생활을 한다. 김장로의 서재 풍경은 그의 서구적 취향을 반영한 박래품들의 전시장을 연상케 한다.

방바닥에는 붉은 모란 무늬 잇는 모전을 깔고 사벽에는 화액(畵額)에 넣은 그림을 걸었다. 그림은 대개 종교화다. 북편 벽으로 제일 큰 화액에는 「겟세마네」에 기도하는 예수의 화상이 있고 두어 자 동쪽에는 그보다 조금 적은 화액에 구유에 누인 예수를 그린 것이오, 서편 벽에는 자기의 반신상이 걸렸다. 다른 나라 신사 같으면 종교화 밖에도 한두 장 세계 명화를 걸었으련마는 김장로는 아직 미술의 취미가 없고 또 가치도 모른다. 그는 그림이라 하면 종교에 관한 것이라야 가치가 있는 것으로 알고, 기타에는 옛날 산수풍경이며 매난국죽 같은 그림은

얼마큼 귀하게 여기되, 이러한 그림은 서양식으로 차려 놓은 방
에는 부적당한 줄로 안다.[3]

그러나 정작 서양 사람들이 종교와 같이 귀중히 여기는 예술
이란 김장로에게 한 푼 어치의 가치도 지니지 못한다. 서재의 성화
들은 단지 종교적인 의미 차원에서 걸린 장식일 뿐이다. 그러면서
도 김장로는 미국공사로 워싱턴에 주재했던 자신만큼 서양 사정에
정통한 이가 없다는 자부심과 함께 이십 년 동안 서양을 동경해 온
이다. 기독교 역시 서양을 좀 더 잘 본받기 위한 신념에서 취했을
따름이다. 허영심으로 서양을 모방하는 김장로에게 진정한 면이
있다면 오로지 그가 서양이 우수한 존재여서 본받아야 할 대상으로
믿는다는 사실뿐이다. 정작 작자 이광수는 그의 무지가 순진함에
서 비롯된 것이기에 책망할 수 없다 말하며 조롱한다. 그리고 김장
로의 경박성에 야유를 보내기 위한 방편으로 선교사들의 시선을 끌
어들인다. 그네들의 눈에 비친 김장로는 서양 문명의 내용이 무엇
인지를 제대로 모를뿐더러 신문명의 참뜻을 깨닫기 위해 책 한 권
읽으려는 노력조차 기울이지 않는 인물이다. 그가 종교를 아노라
스스로 자부하지만 그것은 조선식 예수교의 신앙을 알 따름이다.

김장로의 서구 흉내내기는 수입된 삶이었다. 이광수는 서구
의 외형만을 베껴오기에 급급한 나머지 조잡하면서 기형적으로 변
형되어 버린 김장로의 서구관을 결코 곱지 않은 시선으로 바라본

다. 조선에 앞서 서구를 경험한 19세기 일본의 귀족계급은 중산층에 비해 더욱 강렬히 서구화를 열망함으로써 서구의 식민지 되기를 자임한 바 있다. 이 앞선 역사가 김장로의 서구 배우기로 『무정』에서 재연되고 있다. 서구의 우승함에 매료된 김장로의 서구 지향이 피식민자로서 피할 수 없었던 오리엔탈리즘(Orientalism)의 트라우마라면, 그의 조선식 예수교 신앙은 옥시덴탈리즘(Occidentalism)의 조선적인 판본이라 할 수 있을 것이다. 자신의 방에 건 종교화의 진정한 가치는 모르되 옛날 산수풍경과 지란매죽 같은 동양화를 귀히 여기는 태도로 김장로의 그 모순되고 양가적인 세계 인식이 표출되었다고 할까.

영채와 형식의 약혼을 서구식으로 실행하는 과정에서 연출되는 해프닝은 김장로의 서구 모방의식을 잘 보여준다. 김장로는 두 사람의 결혼을 위해 '한목사'에게 주선을 청하고 그의 입회하에 두 사람의 동의를 받으려 한다. 서양식 풍속을 존중하느니 만치 김장로의 이러한 결정은 자연스럽기 그지없어 보인다. 하지만 김장로의 의식 깊은 곳에 남아 있는 유교적 전통의 가치가 의식적인 서구 지향에 쉽사리 양보될 수만은 없는 일이었다. 자신의 지식을 과신한 나머지 자녀의 사상을 간섭하는 데서 생겨나는 신구사상의 충돌은 김장로와 같은 이에게 언제든 내면의 분열을 초래하기 마련이다. 그럼에도 그 내적 갈등은 '아버지의 법'이라는 이름으로 선형의 동의를 이끌어내고야 만다. 아버지의 권위를 따르도록 훈련 받아온 선영에게 애초부터 개인적인 선택과 판단이란 있을 수 없기 때문이다. 이 렇듯 김장로의 안쓰러운 노력이 무색할 정도로 서구는 이미 1910년 대 조선의 일상에 낯익은 이방인의 얼굴로 틈입하기 시작했다.

이형식이 재직하고 있는 경성학교 주인 '김남작'의 아들 '김현 수', 그리고 그 학교 학감인 '배명식' 양인은 영채를 청량사로 끌어 내 겁탈한다. 뒤늦게 그들의 음험한 욕정을 알아챈 이형식은 청량 리행 전차에 몸을 싣기 전 친구 '신우선'을 만나거니와, 신문기자 인 그 역시 영채를 흠모하던 차였다. 『상록수』의 작가 심훈의 맏형 으로서 당시 심천풍이라는 필명으로 이름난 신소설 작가 심우섭이 그 실존 모델인 신우선과 이광수 자신의 분신인 이형식은 그렇듯 대낮에 버젓이 강간이 벌어지는 청량사로 발길을 재촉한다. 그러 나 그들이 현장에 도착했을 때, 영채는 이미 유린당한 뒤였다. 어린 시절부터 아버지 박진사가 정해준 배우자로 마음에 담아왔던 형식 의 눈앞에서 그 치욕스런 모습을 보이고 만 영채는 결국 자살을 결 심하기에 이른다. 그녀는 형식에게 편지 한 통을 남긴 채 대동강에 몸을 던지려 평양행 기차에 몸을 싣는다. 자신에게 닥친 처연한 운 명을 생각하며 그 슬픔이 눈가까지 차오를 무렵 영채는 석탄가루 를 핑계 삼아 하염없이 눈물을 흘린다. 그때 옆자리에 앉은 일복 입 은 한 부인이 영채를 씻겨 주기 위해 세면서로 이끌었다. 부인은 대 리석반에 백설 같은 자기로 만든 세면기에 물을 따라 손으로 휘휘 저어 한번 부시어내고 맑은 물을 가득히 부어 놓은 후에 비누갑을 열어 놓고 붉은 줄 있는 큰 타올로 영채의 어깨와 옷깃을 가려주고 한 손으로 영채의 허리를 안는 듯이 자기의 몸에 기대게 하며 씻어 주었다. 그 부인은 동경 유학생 '김병욱'으로 방학 중 황주 고향에 잠시 돌아가던 차였다. 마치 동생을 대하듯 영채를 씻겨 자리로 돌아온 김병욱은 자신이 준비해온 점심을 영채에게 권한다.

아까 오던 모양으로 영채의 자리에 돌아왔다. 영채는 그제야 겨우 「감사합니다」 하였다. 부인은 안으려 하다가 다시 자기의 자리로 가서 그 소년과 무슨 말을 하더니 가방 속에서 네모난 종이갑을 내어 들고 와서 영채의 맞은 편 걸상에 안으며
「이것 좀 잡수세요」 하고 그 종이갑의 뚜께를 떠인다. 영채는 그것이 무엇인지를 몰랐다. 영채는 그것이 무엇인지를 몰랐다. 구멍이 숭숭한 떡 두 조각 사이에 엷은 날 고기를 끼인 것이다. 영채는 무엇이냐고 묻기도 어려워서 가만히 안겼다. 부인은 슬쩍 영채의 눈을 보더니 속으로 「네가 이것을 모르는구나」하면서 영채에게 먹기를 권하며
「어디로 가십니까」 하고 자기 먼저 하나를 집어먹으며 「자 잡수세요」 한다.
「평양 갑시다」 하고 영채도 한쪽을 집어서 그 부인이 먹는 모양으로 먹었다. 처음에는 어떻게 먹는 것인지 몰랐었다.
「댁이 평양이시야요」 하고 부인은 또 하나를 잡는다. 영채는

어떻게 대답할지를 몰랐다. 나도 집이 있나 하였다. 그러나 집이 있다하면 노파의 집이다. 하여 고개를 돌리며

「네 평양 있다가 지금 서울 와 있어요」하고 영채는 집었던 것을 다 먹고 가만히 앉았다. 「자 어서 잡수세요」하고 부인이 집어줄 때에야 또 하나를 받아먹었다. 별로 맛은 없으나 그 새에 끼인 짭질 고기맛이 관계치 않고 전체가 특별한 맛은 없으면서 무엇인지 알 수 없는 운치 있는 맛이 있다 하였다.[4]

자살 여행을 떠나는 영채에게 옆 자리에 앉은 김병욱의 친절은 적지 않은 부담감으로 다가온다. 낯선 이의 호의에 긴장한 영채에게 집이 어디냐는 병욱의 질문은 그녀를 더욱 긴장시키기에 충분한 것이었다. 그것은 가족이 어디에 거주하느냐는 것과 다름없는 물음일 터, 그때까지 기생의 삶을 살아온 그녀에게 그 질문은 실로 가혹하기 그지없다. 더욱이 그 외로운 시간 이형식을 생각하며 홀로 사랑을 키워온 그녀는 지금 대동강에 몸을 던지기 위해 떠나는 중이 아니던가. 이형식의 아내가 되겠다는 일념 하나로 힘겹게 지켜온 정조를 그의 앞에서 앗긴 영채에게 병욱의 그 물음은 그녀를 한없이 부끄럽게 만든다.

영채는 병욱의 권유에 "구멍이 숭숭한 떡 두 조각 사이에 엷은 날 고기를 끼인 것", 샌드위치를 베어 문다. 그 낯선 음식에 대한 영채의 시각적 반응은 그렇게 표현된다. 그리고 그 식감은 짭질한

고기맛으로 특별치 않으나 운치 있는 맛이다. 생을 포기한 영채의 심정이 그와 같았을까? 병욱은 새로운 음식 앞에서 주저하는 영채의 모습에서 서구문물에 익숙한 자로서의 우월감을 느끼며 음식을 적극 권하는 것으로 그녀에 대한 궁금증을 풀어간다. 영채는 친절을 베푼 병욱에게 그간 자신의 자초지종을 하나둘씩 이야기하고, 병욱은 영채의 결심이 얼마나 헛된 것인지를 역설하기에 이른다. 이형식이란 사람을 사랑하지도 않으면서 공연히 정절을 지켜왔다는 사실만으로 영채는 속아 살아온 것이며, 부친이 일시 농담 삼아 한 한마디 말 때문에 칠팔 년 헛된 정절을 지킨 것은 마친 죽은 사람, 세상에 없는 사람을 위하여 정절을 지키는 것이나 다름없다는 비판이 이어진다. 근대적인 자유연애 사상을 체득한 병욱의 그 애정 어린 질책에 영채는 자신의 생각이 잘못이었음을 깨닫는다. 순간 그녀에게도 새로운 광명이 발하는 듯하다. 영채가 따르고자 했던 삼종지도의 미덕이 자신의 뜻대로 사는, 병욱이 힘주어 말하는 '참생활'의 논리에 그렇듯 조금씩 의심 받은 것이다. 샌드위치에서 처음 느낀 짭질한 미각이 이내 운치 있는 맛으로 변하듯이 말이다. 한국문학사에 처음 등장하는 이 샌드위치의 식감은 자유연애 바람에 깃든 근대 주체의 탄생을 알리는 경이로운 낯설음으로 이렇듯 『무정』의 한 장을 당당히 장식하고 있다. 감히 영채가 맛본 샌드위치의 그 끝 맛을 '참생활의 미학'이라 칭하는 것이 논리의 비약이 아니라면 말이다.

영채는 슬픔에 빠져 있던 와중에도 병욱의 다정함에 감사와 기쁨을 느끼며 세수를 마쳤다. 자신의 등에 병욱의 손이 얹친 것을 감각할 때에 영채는 '월화'에게 안기던 것을 생각하였다. 그리고 그 부인의 얼굴이 어딘지 모르나 월화와 비슷하다 생각하였다. 병욱의 친절에 문득 영채는 왜 월화라는 인물을 떠올리게 되었던 것일까?

영채가 기생 '계월향'이던 시절 그녀의 곁에는 믿고 따르던 월화라는 선배 기생이 있었다. 얼굴 곱고 소리 잘하기로 이름 높았던 그녀는 조선 사람이 무지하고 야속함을 원망하며 나이 이십이 되도록 자기 뜻에 맞는 남자를 만나지 못한 슬픔에 세상을 경멸하는 비웃음으로 옛 시조를 읊고 노래 짓기를 유일한 벗으로 삼는 인물이다. 월화는 당시 조선에서 가장 진보적이고 열성 있는 교육가라 생각했던 대성학교 '함교장'을 흠모하여 영채를 데리고 그의 연설회가 열렸을 때 이를 방청하기 위해 나선다. 소설 속 그 함교장의 실제 모델은 누구였을까? 도산 안창호. 바로 이광수가 스승으로 떠받들었던 인물이다. 이광수는 안창호의 전기를 쓸 정도로 남 다른 존경심으로 도산을 흠모했다. 도산의 허구적 인물이라 할 함교장을 선각자로 앙모하는 이들이 인산인해를 이룬 대성학교 대강당에 홀연 나타난 월화와 영채에게 다른 이들의 눈길이 일순간 모아졌다. 그네는 첫째 여성이었고, 기생이라는 신분이 검소한 의복만으로는 감춰질 수 없는 존재였기 때문이다. 부인계에는 연설을 들을 자도 들으려 하는 자도 없었다는 사실만으로도 두 사람의 등장이 이목을 끌기에 충분한 존재감을 보인 것이다. 더구나 평양의 이름난 기생이기에 회중의 손가락질을 받는 것은 당연했다. 월화와 영채의 등장이 일으킨 잠시 동안의 이 소란은 천대받는 신분의 여성에게 가해지는 차별적 야유였을 터, 그것은 피식민인으로서, 여성으로서, 그리고 신분 질서상 가장 아래에 놓인 기생이라는 삼중의 억압을 안고 가야 할 그녀들의 운명이었으리라.

근대 국가에서 여성은 인종적 집단의 생물학적 재생산자로서의 지위를 부여 받는다. 인종적, 문화적, 민족적 집단들 사이에 그어지는 경계선을 재생산해내는 존재이자 이데올로기와 문화의 전파자로 여성성은 재발견되곤 한다. 다시 말해 근대성 안에 존재하는 전근대적인 것을 상징하는 암호이자, 근대 국가의 자민족적 시각에서 원시적 흔적을 인종적 문화적 타자의 영역으로 추방하기 위한 기호로 여성의 형상이 징발되는 것이다. 함교장이 월화와 영채를 위한 자리를 따로 마련해줌으로써 청중의 분란을 잠재우는 장면은 하여 꽤나 음미심장한 대목이 아닐 수 없다. 함교장의 배려는 그들 역시 내 동포여니 내 누이이니 하는 생각에서 비롯한 것이었으니, 월화와 영채는 기생이기 이전에 민족의 여성으로 포용되어야 할 대상이라는 인식이 이에 담겨 있는 것이다. 민족주의가 찬란했던 과거를 미래의 처녀지에서 회복하려는 시나리오를 각색하고자 할 때, 여성이 으레 민족의 모성성을 환기시키는 형상으로 소환되듯이 말이다.

함교장의 감동적인 연설에서 삶의 이상을 발견했던 월화를 보며 영채는 자신의 지아비로 이형식을 꿈꿨다. 그 꿈을 이룰 길 없어 월화가 자살로 생을 마감했듯이 한때 계월향이었던 영채도 형식에게 향할 출구가 막혀버린 순간 대동강에의 투신을 결심하게 된 것이다. 이 데자뷰는 월화와 계월향 영채 두 사람 사이의 특별한 관계에서 발아된 비극의 악순환이었다. 그들 사이에 대체 무슨 일이 있었던 것일까? 수많은 독자들이 무심코 지나쳐버린 다음의 한 대목에서 그들의 남다른 관계를 엿볼 수 있다.

그러나 부벽루 연회 이래로 월화의 변하고 괴로워하는 모양을 보며 영채도 월화에게 무슨 일이 생긴 줄은 짐작하였다. 영채도 이제는 남자가 그리운 생각이 나게 되었다. 못 보던 남자를 대할 때에는 얼굴도 후끈후끈 하고 밤에 혼자 자리에 누워 잘 때에는 품어줄 누군가 있었으면 하는 생각이 나게 되었다. 한번은 영채와 월화가 연회에서 늦게 돌아와 한 자리에서 잘 때에 영채가 자면서 월화를 꼭 껴안으며 월화의 입을 맞추는 것을 보고 월화는 혼자 웃으며「아아 너도 깨었구나—네 앞에 설움과 고생이 있겠구나」하고 영채를 깨워「영채야 네가 지금 나를 꼭 껴안고 입을 맞추더구나」하였다. 영채는 부끄러운 듯이 낯을 월화의 가슴에 비비고 월화의 하얀 젖꼭지를 물며「형님이니 그렇지」하였다. 이 만큼 영채도 철이 났음으로 월화의 눈물에는 반드시 무슨 뜻이 있으리라 하였다. 그리고 물어볼까 물어볼까 하면서도 자연히 제가 부끄러워 물어보지 못하고 다만 영채 혼자 생각에 아마 월화가 그때 청류벽에서 노래 부르던 학생을 생각하는게로다 하였다. [5]

분명 동성애 코드를 부인하기 어려운 한 장면이다. 선배 기생 월화는 영채의 잠꼬대에서 그녀가 성에 눈뜨기 시작했음을 알고, 기생으로서의 그녀 삶이 결코 순탄치 않을 것임을 직감한다. 평소 월화는 영채를 사랑하여 친동생 같이 귀애하며 시 읽기와 시 짓기를 가르치고 마음이 슬플 때에는 잘 알아듣지도 못하는 영채에게 자기의 회포를 말하곤 했다. 그럴 때마다 영채는 "형님!" 하고 월화의 가슴에 안겨 울었다. 그런데 동성애 관계인 듯한 이 두 사람에겐 동시에 각기 마음에 숨겨둔 이성이 또한 있었다. 영채에게는 이형식이 바로 그다. 월화에겐 청류벽에서 노래 부르던 평양 패성중학교의 학생 가운데 일인이 있었다. 그러나 월화가 '참시인'이라 칭하던 그는 월화의 이상 속 가상의 존재였다. 비로소 월화는 그 실체를 부벽루에서 연설하던 함교장에게서 발견하지만, 기생으로서의 삶을 거부할 수 없는 자신의 운명을 비관하다 자살로 생을 마감하고 만 것이다. 그 전날 밤 월화는 "너는 부디 세상 사람에게 속지 말고 일생을 너 혼자 살아라. 옛날 사람으로 벗을 삼아라. 만일 네 마음에 드는 사람 만나지 못하거든." 하고 유언을 남겼다. 월화는 숨소리 편안하게 잠든 영채의 얼굴을 이윽히 보고 있다가 힘껏 영채의 입술을 빨았다. 영채는 잠이 깨지 않은 채로 고운 팔로 월화의 목을 꼭 끌어안았다. 월화는 가만히 일어나 장문을 열고 서랍에서 자기의 옥지환을 내어 자는 영채의 손에 끼우고 또 영채를 꼭 껴안았다. 두 사람은 그렇게 마지막 밤을 보냈다. 그때 그 옥지환이 영채의 운명을 결정 짓은 신탁이었을까? 영채는 월화의 불행한 생의 전철을 되밟아가듯 평양행 기차에 오른 것이다. 그들의 되풀이된 운명은 동성애에서 싹 튼 것이었던가? 양성애자들에게 내려진 시대의 저주였던가? 그도 아니라면 그들은 단지 피를 나누지 않은 자매였을 뿐인가?

『무정』이 고전인 이유는 여러 가지일 터지만, 그 피날레가 계몽서사의 완결판이라는 점도 한 몫 단단히 했다. 영채와 선형, 그리고 형식의 삼각관계는 그들 모두가 외국 유학을 떠나는 여정으로 승화된다. 그네들이 부산행 기차에 한날한시 몸을 실은 것은 필연이었다. 우연인 듯 몇 십 년 만에 찾아온 수해는 철길을 끊어 놓고 그들의 발길을 삼랑진에 잠시 붙든다. 이로써 수재민을 돕기 위한 음악회가 삼랑진 역사에서 열리게 된다. 김병욱의 바이올린 연주에 맞춰 박영채가 한문으로 시를 짓고 이형식이 번역한 노래를 김선형과 합창하여 역사 안에 모인 사람들의 심금을 울린다. 수재민들에게 따뜻한 국밥이라도 만들어 먹이고 싶다는 마음에 그네들이 기획한 일종의 게릴라 콘서트였다. 이형식이 본 수재민들은 참담했다.

그네는 몇 푼어치 아니 되는 농사한 지식을 가지고 그저 땅을 팔 뿐이다. 이러하여서 몇 해 동안 하나님이 가만히 두면 썩은 볏섬이나 모아두었다가는 한번 물이 나면 다 씻겨 보내고 만다. 그래서 그네는 영구히 더 부(富)하여짐 없이 점점 더 가난하여진다. 그래서 몸은 점점 더 약하여지고 머리는 점점 더 미련하여진다. 저대로 내버려두면 마침내 북해도에 '아니누'나 다름없는 종자가 되고 말 것 같다.

이렇듯 이형식은 조선 민족의 처참한 몰골을 보며 자칫 2등 국민의 지위마저 상실하고 북해도(홋카이도)의 미개한 '아이누족'만도 못한 3등 아니 4등 국민으로 전락할지도 모른다는 위기감을 느낀다. 이내 그 절박함은 이국땅으로 유학을 떠나는 젊은이들의 가슴에 전염병처럼 차례로 번진다. 순간 그들이 조선에 선물로 가져와야 할 문명한 세계에 대한 갈망이 꿈틀댄다. 조선은 과거다. 과거는 잊혀야 한다. 과거는 무정한 세계이기 때문이다. 육체의 아름다움과 샌드위치의 식감과 동성애 코드가 더 이상 낯설지 않은 유정한 세계로 조선민족을 이끌어야 할 거룩한 사명이 그들에겐 있다. '무정(無情)'한 이 텍스트가 앞선 시대의 종말을 알리는 서사이자, 근대의 미래를 예언한 노스텔지아의 서사로 쓰이고 읽혔던 이유가 여기에 있으리라.

■주

1   이광수, 『무정』, 김철 편, 문학과지성사, 2005, 286쪽.
2   이광수, 같은 책, 562쪽.
3   이광수, 같은 책, 392쪽.
4   이광수, 같은 책, 519쪽.
5   이광수, 같은 책, 214쪽.

조선어의
부활과
　두 얼굴의
민족

『무정』의 김선형을 떠올리게 하는 허영숙은 어떤 인물이었나? 그녀는 경기여고의 전신 공립 경성여고보를 거쳐 도쿄여자의학전문학교를 나온 신여성으로 한국 최초의 산부인과 전문의라는 타이틀을 갖고 있는 이다. 그녀는 이광수와 결혼한 후 이광수가 병치레로 신문사 일을 돌보지 못하자 직접 나서 《동아일보》 학예부장 자리를 꿰차고 「가정·부인란」 편집을 주도하기도 했다. 상해 임시정부로 이광수를 찾아갔다가 애정 도피 행각을 벌인 사건이랄지, 이광수를 두고 나혜석과 삼각관계에 얽힌 일들로 허영숙은 늘 세간의 주목을 받는 여성인사였다. 이광수는 이 일련의 자전적 연애사를 후일 역사소설 창작의 밑그림으로 삼기도 했다. 역사소설 『원효대사』가 바로 그 작품이다.

『원효대사』는 《매일신보》에 1942년 3월 1일부터 같은 해 10월 31일까지 만 8개월에 걸쳐 연재된 장편이다. 당시 유일한 한글신문으로 남아 있던 《매일신보》에서 역사소설은 가장 환영받는 대중독물이었다. 『원효대사』 이전에는 김동인의 『백마강』이, 이후에는 이태준의 『왕자호동』이 연재되었다. 한 시대를 대표하는 작가들이 릴레이 연재를 펼친 것이다. 결코 우연이라 할 수 없는 이 같은 현상의 배후를 『원효대사』 연재를 알리는 광고문에서 확인할 수 있다. 《매일신보》 편집자는 "오늘날과 같은 시국하에서 희생과 봉공과 고행의 정신을 체득하는데 하나의 경전이 될 만한 귀한 작품"[1]으로 『원효대사』 연재를 선전한다. 때는 일제가 일명 대동아전쟁으로 칭한 태평양전쟁이 한창이던 시기, 제국을 향한 충(忠)의 이념을 식민지 조선인들에게 설파하는 경전으로 이 작품이 선택되었음을 쉽게 알아차릴 수 있다.

이광수의 대표적인 역사소설 『마의태자』(1926)와 『이순신』(1931), 그리고 『이차돈의 사』(1935)가 그러하듯이 『원효대사』도 영웅서사다. 일종의 종교소설로도 볼 수 있는 이 작품에는 불교는 물론 신라 고신도(古神道)에 대한 이광수의 깊은 이해와 해박한 해석이 담겨 있다. 뿐만 아니라 역사소설로서 응당 기대할 수 있는 고대사에 대한 폭넓은 지식을 만날 수도 있다. 특히 고신도의 맥을 이은 화랑도의 역사에 대한 이광수의 문헌학적 탐찰은 역사가로서의 내공마저 느끼게 한다.

세간에 잘 알려지지 않은 또 하나의 미덕으로 이 작품에는 풍부한 우리말 어휘와 표현이 등장한다. 관등 명에 해당하는 '한불손', '바돌손'이랄지, 지명에 해당하는 '삼나무고개(痲木峴)'[2], '대재(竹嶺)'[3], '아낫들(阿那之野)'[4] 등이 그것이다. '한불손'은 '대각손(大角飡)'의 우리말 표현인데, 무열왕이 백제를 멸망시킨 공로로 각간 김유신에게 내린 특별한 벼슬이다. 그리고 '바돌손'은 신라의 17관등에서 4등에 해당하는 관등으로 '파진손(波珍飡)'을 이른다. 이처럼 『원효대사』에서 이광수는 우리말 표현을 의식적으로 되살리고 있다. 그런가 하면 한걸음 나아가 고신도 관련 인명 혹은 고유어의 기원과 그 함의를 장황하게 밝히기도 한다. 그 같은 서술이 이 작품의 전면을 차지하며 떡 하니 버티고 있다. 예컨대 신라의 시조 박혁거세(朴赫居世)를 이어 왕이 된 석탈해(昔脫解)의 이름에 담긴 의미가 다음과 같이 소개된다.

석가(昔哥)는 『상아』요 탈해는 『당아』다. 상아라함은 사라(술) 즉 물에서 온이 즉 수신(水神)이라는 말이요 당아는 달에서 온이 즉 월신(月神)이란 말이다. 탈해는 동해 바로다서 쩌들어왔다는것이 이째문이다.

해, 달, 불 다음에 물이다. 농업국에서는 물이 소중하다. 물은 곧 생명이다.

『사』라는것은 물이다. 사는 자로 변한다. 『사사』, 『자자』, 『소소』, 『조조』, 『시시』, 『지지』, 『저저』는 다 물에 관한말이다.

『사』는 물이어니와 사가 움지기면 『사라』가된다. 사라가 곳 생명이요, 생명의특징은 지식이다. 사라는 술이오, 사람이오, 소리요, 살림이오 상아요 복이다. 그러나 죄 엇는이에게 살이 된다.

사라 즉 생명신(生命神)에서 오는이가 사랑아(生命神)다.

상아는 수신(水神)이오, 사랑아는 생명신(生命神)이다. 상아는 생기게하고 사랑아는 사랑기게 즉 사랑하게한다. 사라신은 여성이오, 사랑아는 남성이다.[5]

오늘날의 관점에서 애써 분류하자면 사회언어학 또는 광의의 문화인류학 어디쯤에 걸쳐질 성 싶은 내용이다. 객관적인 근거를 찾기 어려운, 다소 당혹스러운 이 같은 탐색을 이광수는 진지한 민족어 뿌리 찾기의 일환으로 행하고 있다. 그런 의미에서 『원효대사』의 불교적 색채는 겉모습에 불과한 것일 뿐 맨얼굴이라고 할 수는 없다. 이광수는 평생 조선 민족의 정체성에 천착했다. 『원효대사』는 그 연장선상에서 이루어진 창작 실천이었다. 그렇다면 이광수는 천 년 전의 '원효'를 어떤 인물로 불러내고 있을까?

처녀로 왕이 된 '승만마마'는 병환이 심중해지자 원효를 청하여 법회를 연다. 그 자리에서 왕은 원효에게 그간 홀로 쌓아온 사모의 정을 고백한다. 그러나 자신의 마음이 받아들여지지 않자 왕은 그 자리에 함께 있던 '아유다'에게 자신이 죽은 후 원효를 돌봐주도록 명한다. 그로부터 며칠이 지나 여왕은 승하한다. 그 전부터 아유다, 곧 '요석공주' 또한 원효를 사모했으나 뜻을 이루지 못하기는 마찬가지였다. 원효의 마음에 흔들림이 없었기 때문이다. 그러다 원효는 요석궁에 끌려가다시피 하여 사흘을 보내게 된다. 원효를 파계로 이끈 이 요석궁의 주인 요석공주는 남편이 된 원효를 두고 후일 허구의 인물 '아사가'와 애정 경쟁을 펼친다. 흥미로운 사실은 이 연애구도가 비적대적인 갈등으로 전개되다 해소된다는 점이다. 두 여인은 종국에 원효를 따르는 비구니가 되어 종교에 귀의한다.

요석궁에서 파계한 원효는 방랑의 길을 떠난다. 이후 원효는 수차례 전란으로 피폐해진 백성들의 삶을 대면하는데, 그 과정에서 일군의 거지들을 만난다. 이 거지 떼의 우두머리들은 원효의 종교적 가르침에 감응하여 개과천선한다. 그리고 마침내 그들은 하나같이 백제 정벌에 앞장선 장수가 된다. 이렇듯 충성된 국민으로 새로 태어나야 하는 일은 심지어 원효를 따르던 거지 떼에게도 예외일 수 없었다. 이를 두고 혹자들은 민족 정체성의 탐구에서 종교적 세계로 이광수 역사소설의 관심사가 변모했다고들 말한다. 그러나 과연 그러한가? 원효를 만나 새로 태어난 거지들처럼 식민지 조선인들 또한 제국의 신민으로 거듭나야 한다는 외침은 아니었을까?

『원효대사』 연재 이태 전 이광수는 같은 지면에 발표한 「심적 신체제와 조선문화의 진로」라는 글에서 '조선인에게 주어진 영생의 길이 조선인임을 온전히 망각함으로써 피와 살과 뼈가 일본인이 되는 데 있음'을 주장한 바 있다. 이에는 당시 이광수가 수용한 신체제 논리의 핵심이 담겨 있다. 내선일체론을 재차 강조한 것이기도 하려니와, 조선인 스스로 민족적 정체성을 방기할 때 비로소 제국의 신민으로 거듭날 수 있다는 논리이기도 했다. 당대 조선의 문인 내지 문화인에게 이광수가 요청했던 심적 신체제의 목적은 일본의 문화를 앙양하고 세계에 발양하는 문화전선의 병사가 되는 일이었다. 문인들에게 부여되고 있는 소임이란 창작을 통해 표출될 터, 외견상 불교적 세계를 다룬 듯한 『원효대사』는 이렇듯 제국의 요구를 당당히 수용하고 있다. 『원효대사』는 신체제 하에서 조선의 문화인이 수행해야 할 사명을 예시한 문학적 실천으로 읽어야 마땅한 텍스트다. 원효가 겪는 지난한 수련과정을 작자 이광수의 내적 번민의 궤적에, 그의 비범한 초월적 능력을 영웅의 구원 상으로 표상되는 춘원의 민족주의 이념에 각기 상응한다고 보는 견해는 매우 표피적인 독해가 아닐 수 없다.

작자 이광수의 심경을 대변하는 자기 가탁적 인물로 원효를 볼 수 있다면, 춘원은 신체제의 목적과 민족주의 사이의 대립을 이 역사적 인물의 재현 과정에 투사했다고 할 수 있다. 하여 종교와 국가가 결코 분리될 수 없는 대상이라는 사실을 실증하는 존재로 원효를 불러낸 것이다. 화해가 불가능해 보이던 작가 이광수 내면의 이념 갈등은 이에서 그 타협점을 찾는다. 원효를 종교적 구도자에서 나아가 정치적 인물로 재생시킴으로써 신체제의 목적 달성을 위한 전범을 조선의 지식인들에게 제시하고 있다는 이야기다. 원효라는 인물은 그 정당성을 역사적으로 입증하기 위한 방편에서 선택되었을 따름이다.

『원효대사』와 관련하여 자주 거론되는 말이 '민족' 또는 '민족주의'이다. 흥미로운 사실은 바로 이 '민족'을 이광수가 대단히 유동적인 기표로 호출한다는 것이다. 그가 1931년 「여의 작가적 태도」에서 『마의태자』와 『단종애사』를 두고서 '민족의식과 민족애를 강조'하는 데 창작의 의의가 있었다고 말했을 때의 '민족'은 『원효대사』가 연재되기 두 해 전 "조선인을 천황의 적자로 일본의 국민으로 생각하려 아니 한 것이다. 그리고 조선인을 다만 조선인이란 단일한 것으로 관념한 것이 근본적인 착오였다."고 말할 때의 '민족'과는 분명 그 기의가 다른 것이었다. 후자는 내선일체의 문맥 속에 놓인 '민족'이었기 때문이다. 이처럼 중층의 함의를 지닌 이광수의 '민족'은 1948년『원효대사』의 단행본 출간에 부쳐 쓴 서문에서 또 다시 그 기의가 달라진다. "걸앙방아[6] 행세로 두영박[7]을 두들기고 돌아댕기는 원효대사는 우리 민족의 한 심볼이다."라는 진술을 통해 이광수는 '민족'을 조선인의 원형을 가리키는 기표로 다시금 환원시킨다. 한편 해방 후 세간의 비난에 "원효대사는 내가 친일파 노릇을 하는 중에 매일신보에 연재하였던 것이다. 나는 검열이 허하는 한 이 소설 속에서 우리 민족의 전통적 정신과 영광과 애국심과 민족의식을 그려서, 천황 만세를 부르고 황국신민서사를 제창하지 아니 하면 아니 될 운명에 있는 동포들에게 보낸 것이었다."[8]라고 말할 때의 '민족'은 사후적인 자기 합리화를 위한 수사였다.

식민시기 이광수는 민족주의의 외피를 내세워 제국의 이념을 수용함으로써 이념적 분열을 스스로 봉합하고자 했다.『원효대사』는 신체제 일본인이 되기 위한 그 노력의 증거물로서 의의가 작지 않은 창작이었다. 그렇게 볼 때, 이광수가『원효대사』에서 말하는 '충'이 과연 무엇을 향한 것이었는가는 자명해진다. 상실된 국권 탓에 조선 민족에 대한 상상이 사실상 불가능한 상황에서 그 '충'은 결국 제국에 바쳐져야 마땅한 덕목으로 남을 수밖에 없기 때문이다. 이광수의 판단대로라면 그것만이 신체제 하에서 제국에 귀속될 수 있는 유일한 길이었다. 그 '충'이 작자 당대에 불러일으키는 의미는 '황국 신민의 충의의 정신'으로 '생명으로써 조국을 지킬 신념이자 열정'이었다. 이광수는 이 천황귀일의 사상과 애국심을 일찍이 '무상명법(無上命法)'이라 규정하며 스스로 내면화했던 것이다. 『원효대사』는 바로 그 내면의 풍경을 역사에 비춘 글쓰기였던 것이다. 낯선 우리의 옛말들이 벌이는 이 삼각연애 영웅서사의 향연을 마냥 흥미롭게만 읽을 수 없는 이유가 여기에 있다. '민족'이라는 말 뒤에 가려진 진실이 고개를 드는 순간 역사소설 『원효대사』를 읽는 자미(滋味)가 이내 불편해지고 말기 때문이다.

■ 주

1 「夕刊小說『元曉大師』」, ≪매일신보≫, 1942. 2. 24.

2 오늘날 이곳은 충청북도 충주시 수안보면 미륵리와 경상북도 문경읍 관음리를 연결하는 고개로 '하늘재'로 불리고 있다.

3 높이 689m의 고개로 현재는 죽령으로 불린다. 신라 제8대 아달라이사금 5년(158)에 길이 처음 열렸다고 알려져 있으며, 소백산맥의 도솔봉(兜率峰, 1,314m)과 북쪽의 연화봉(蓮花峰, 1,394m)과의 안부(鞍部)에 위치해 있다.

4 현재의 행정구역상 경상북도 함안으로 추정되는 지역이다.

5 이광수, 『元曉大師』, ≪매일신보≫, 1942. 5. 28.

6 '거지'를 얕잡아 이르는 '비렁뱅이'의 사투리로 '거렁배이'라는 말이 있다. '걸앙방아'는 이 '거렁배이'에서 파생된 말로 추정된다.

7 박을 반으로 쪼개지 않고 둥근 모양 그대로 꼭지 근처에 구멍만 뚫고는 그 속을 파낸 바가지를 뜻하는 '뒤웅박'의 사투리로 추정된다.

8 이광수, 「解放과 나」, 『나의 告白』, 춘추사, 1948, 192쪽.

무정 춘원 이광수 씨 작

신년부터 일면에 연재

종래의 소설과 여히 순언문을 용치
안이하고 언한교용서한문체를 용하
여 독자를 교육 있는 청년계에 구하
는 소설이라 실로 조선문단의 신시험
이오 풍부한 내용은 신년을 제사하라

▶ 「신년의 소설 『무정』 예고광고」, ≪매일신보≫, 1926. 12. 26.

▶ 『무정 1회』, ≪매일신보≫, 1917. 1. 1.

이광수의 역사소설 『원효대사』의 연재를 예고하는 광고의 한 대목을 옮겨보면 이렇다.

一대성승(聖僧)이요 고승(高僧)인 『원효』의 생애를 주제(主題)에 올녀, 성(聖)과 인간이 서로 다투는 엄숙한 경계선에서 인정과 사상과 진리의 심오(深奧)한 세계를 작자의 원숙한 붓으로 그려갈 이 소설은 일대의 걸작(傑作)임을 의심치안는다

▶「『원효대사』예고광고」, 《매일신보》, 1942. 2. 24.

첫 예고광고를 내보낸 지 사흘 후 신문사는 보다 상세히 다음과 같은 내용의 예고광고를 게재했다나의 소설은 이 요석공주와의 인연을 맺는 것을 중심으로 원효대사를 그리는한편 신라가 三國통일을 할때싸지에 눈부신 화랑도(花郞道)와 무열문무의 양왕 김춘추(金春秋) 김유신(金庾信) 등의 어진 신하며 쏘한 절세의 미인으로 이름을 쩔친 김유신의 모당 만명(萬明)을 비롯하야 당시 요란히 피엇던 신라미인의 모습을 더듬어가면서 일체유심(一切唯心)의 정신과 대승보살행(大乘菩薩行)의 정신-즉 멸사봉공하야 중생을 위한 생활에 나가던 당대의 사기를 총후독자에게 보내고저하는 바이다

▶『원효대사 1회』《매일신보》, 1942. 3. 1.

지금까지 『원효대사』는 1942년 3월 1일부터 같은 해 10월 31일까지 총 184회에 걸쳐 연재가 완결된 것으로 알려져 있었다. 184회 말미에 완 또는 끝 표기가 나와 있지 않으나 내용적으로 보아 완

결되었다고 판정한 것이다. ≪매일신보≫ 1942년 11월 3일자에 이를 부정할 만한 기사가 게재되었다. 작자의 신변사정으로 연재가 약 일 주간 쉬게 되었음을 알리는 기사였다. 이때까지만 하더라도 『원효대사』의 연재는 계속될 예정이었던 셈이다. 물론 기사의 예고와는 달리 이후 연재는 재개되지 않았다. 해당 지면에는 1942년 11월 7일부터 안회남의 단편소설 「아버지의 승리」가 연재되었으며, 뒤이어 1942년 12월 22일부터 이태준의 『왕자호동』이 연재되었다. 『왕자호동』의 연재 예고광고에서 이 일련의 변동 상황을 말해주는 내용이 확인된다. "춘원(春園) 향산광랑(香山光郎) 씨의 『원효대사(元曉大師)』의 뒤를 이어 상허(尙虛) 이태준(李泰俊)) 씨가 오래간만에 역사소설의 붓을 들게되엇습니다"라고 전하고 있는 것이다. 그동안 이 작품이 완결작으로 취급된 것은 해방 후 신문연재 판본을 바탕으로 1948년 <생활사>에서 단행본이 출간된 사정과 무관하지 않다. 이병석이 새 철자법으로 수정하고, 이를 이광수가 감수한 판본이었다. 단행본은 신문연재본과 큰 차이가 없다. 장 구분의 경계가 일부 달라지고, 전체적으로 우리말 어원 관련 서술이 간결해진 점 등이 다를 뿐이다.

일본어에서
찾은
조선어

싸움, 간통, 살인, 도적, 구걸, 징역 이 세상의 모든 비극과 활
극의 근원지인, 칠성문 밖 빈민굴로 오기 전까지는, 복녀의 부
처는 (사농공상의 제이위에 드는) **농민이었었다.** 복녀는, 원래
가난은 하나마 정직한 농가에서 규칙 있게 자라난 **처녀였었다.**
이전 선비의 엄한 규율은 농민으로 떨어지자부터 없어졌다 하
나, 그러나 어딘지는 모르지만 딴 농민보다는 좀 똑똑하고 엄한
가율이 **그의** 집에 그냥 남아 있었다.

김동인의 대표작 「감자」는 이렇게 시작된다. 굵은 글씨로 필자가
강조한 부분은 김동인 아니었더라면, '농민이더라', '처녀더라', 그
리고 '복녀'로 쓰여야 마땅한(?), 당시로서는 익숙한 표기일 터다.
그러한 시대에 김동인은 과감히 '그'와 '그녀'라는 3인칭대명사를
사용함으로써, 그리고 '-ㅆ다'로 과거시제 종결어미를 통일함으로
써 근대적인 문체를 확립한 작가로 남았다. 위 인용문이 한국문학
사에서 상징적인 장면인 이유다. 김동인에게 당시에 없던 3인칭대
명사를 조선어로 어떻게 표현할 것인지는 큰 고민거리였다. 그는
일본어에 있는 '그녀(かのじょ, 彼女)'라는 말에 주목했고, 이를 참
고로 마침내 3인칭대명사를 발견하기에 이른다. 이러한 김동인의
도전은 구어체 문장을 만들기 위한 필요에서였다.[1]
　　스스로가 고백하였듯 김동인은 일본어로 자신의 작품을 구
상하였다. 지면에 옮기기 전 이미 일본어로 소설을 쓴 것이다. 그

런 의미에서 다소 과장컨대, 그의 작품은 조선어 번역작이요, 그의 실질적인 모국어는 일본어인 셈이다. 이러한 이력 탓인지는 모르나 1930년대 말부터 본격화된 김동인의 친일은 가히 충격적이지도 새삼스러울 것도 없는 행보로 필자에겐 이해된다. 언어와 사고, 행위 간의 필연적 연쇄랄까, 상호 규정성이랄까. 그런 김동인은 1941년 총독부기관지 《매일신보》에 백제 멸망사를 다룬 역사소설 『백마강』을 연재함으로써 친일 행각에 정점을 찍는다.

한때 해동 증자로 불리던 '의자왕'은 왕후를 잃은 후 주색에 빠져 국정을 소홀히 한다. 왕의 황음무도를 제지하려 나선 '성좌평' 같은 충신들은 차례로 쫓겨나거나 죽음을 맞는다. 심지어 의자왕은 충신 '복신'의 며느리마저 몰래 궁옥에 감금하고서 능욕하려 든다. 그녀의 남편인 '집기'는 이를 알아차리고 궁에 잠입해 왕에게 충언을 남긴 후 아내를 구해낸다. 이후 의자왕은 잠시나마 국정에 관심을 쏟는다. 후일 궁에 침입한 사실이 드러나면서 집기는 위기에 처하나 왕자 '풍'의 중재로 용서를 받는다. 한편 집기의 부친 복신은 아내가 죽자 중으로 가장하여 신라 정세를 살피고 오겠다며 길을 떠난다. 그러나 왕을 보필하던 복신이 사라지자 둘째 왕자 '태'와 간신배 '술비'가 권력을 남용하며 다시금 국정을 위태롭게 만든다. 마침내 나당연합군의 침략에 백제의 주류성이 함락되고, 의자왕은 신라에 항복한다. 그때 복신은 왜국 원정군과 함께 주류성을 향해 달려오던 차였다.

이 같은 줄거리의 『백마강』을 창작하기 직전 김동인은 문필보국(文筆報國)의 일념으로 제일선에까지 황군장병을 위문 갔다가 건강을 해치고 돌아와 잠시 창작 활동과 멀어져 있었다. 그러던 그가 이 년여 만에 일제의 부여신궁(扶餘神宮) 건립 시책에 부응하기 위한 일환으로 『일본서기(日本書紀)』의 내용을 적극 수용하여 『백마강』을 쓴 것이다. 내선일체에 바탕한 동근동조론(同根同祖論)이 창작의 대전제였던 만큼 이 작품의 친일 성향은 대단히 농후하다. 백제의 찬란한 문화가 바다를 건너 '야마도(大和, 고대 일본)'에 미쳐 오늘날의 대일본제국을 이룩한 초석이 되었다는 것, 백제인과 내지의 야마도 사람이 하나의 혈족이라는 것이 그 같은 전제의 근거였다.

『백마강』에 등장하는 백제의 충신 복신은 소원해진 야마도와의 관계 회복을 위해 노력하는 인물이다. 양국이 종족적 기원을 같이 하는 형제국이라는 믿음에서다. 그 현재적 증거로 크다라(백제)의 왕자 풍은 야마도(왜국)에 가 있고, 야마도 서울에는 '크다라부'가 설치되어 있다. 김동인은 과거 백제에 국난이 있을 때, 야마도부에서 본국에 청병하여 백제를 여러 번 도왔다는 사실을 근거로 양국의 돈독한 관계를 문면에 직접 나서 증언한다. 기술 전수를 위해 복신의 딸 '봉니수'가 야마도에 가 있었던 일을 두 나라의 우호를 다지기 위한 사명으로 설명하고 있는 것 역시 같은 맥락에서다. 자매나 다름없이 그려지는 봉니수와 야마도 처녀 '오리메'(호소대신의 딸)의 친분은 이를 상징적으로 대변한다.

　야마도인 '소가'는 집기에게 "얼마나 장한가 우리 동방인을 동이(東夷)라 해서 업수히 여기는 당태종의 코를 쎽것스니 얼마나 장쾌한가"라며 과거를 찬양하는데, 그가 회고하고 있는 이 사건은 다름 아닌 당의 고구려 원정 실패를 가리킨다. 고구려의 승전을 곧 동방인 모두의 승리로 기념하는 이 순간 크다라(백제)와 야마도(일본)는 고구려와 함께 같은 민족으로 화한다. 그처럼 천하의 큰 무대에 나서서 영웅호걸들과 겨루어보고 싶은 제국의 욕망은 소가의 다음과 같은 말을 통해 피력되고 있다.

　　우리 야마도나 그다라나 신라나 모두 영토에 호령하는 임금
　　이야 웨 구구히 한토의 천자에게 허리를 굽히느냐 말일세 우리
　　야마도의 미까도로 말씀하더라도 야마도 천지에 군림하시어
　　당신의 백성을 호령하시지 신성하신 신분이 저 새로 선 수나라
　　천자 따위는 후배(後輩)로 어린애로 보시거든[2]

　소가의 위와 같은 야망을 식민의 현실로 소환한다면, 제국의 신민으로 새로 태어난 조선인들이 마땅히 헌신해야 할 충의 대상은 국체로서의 '미까도', 곧 일본 천황이 될 것이다. 이 엄중한 사실을 『백마강』은 동방인의 과거사를 빌미로 공표하고 있거니와, 김동인이 내면화한 대동아공영론의 실체가 이에 날것인 채로 숨 쉬고

있다.

　김동인의 일본어 사유에 침윤된 제국의 이데올로기가 노골적으로 표출되는 대목은 바로 나라 이름의 표기에서다. 이 작품의 신문연재 당시, 즉 일제의 황국신민화가 극을 향해 갈 즈음 김동인은 고대 일본을 '야마도'로 백제는 '크다라'('그다라'와 혼용)로 호칭한다. 그러나 해방 후 이 작품이 단행본으로 출간되면서 그 명칭은 각기 '왜국'과 '백제'로 바뀐다. 친일의 흔적을 조금이나 지워보려는 김동인의 안타까운 노력의 소산이다. 그 같은 수정에도 불구하고(이마저 작품 전체에 걸쳐 온전히 다 행해지지 못하지만), 이 단행본에는 작자의 손길이 미처 닿지 못한 사각지대가 적잖이 남아 있다. 예컨대 '부여씨(백제 왕실)'보다 '왜국 황실'을 우위에 배치한 위계 구도가 그러하고, 한토(漢土), 곧 중국의 '천자'(天子)에 비해 왜국의 미까도를 우월한 지위로 떠받드는 시각이 그러하다. 민족주의, 영웅사관, 그리고 제국담론이 혼종되고 착종됨으로써 빚어진 역사의식의 잔재라 할 것이다.

　해방되기 직전까지 김동인은 역사소설 창작의 붓을 놓지 않았다. 그는 식민시기 마지막 역사소설을 일본의 역사적 위인을 주인공 삼아 일본어로 썼다.『星巖의 길』(『朝光』, 1944. 8~12.)이 그것이다. 막부 후기에 '양시선(梁詩仙)'으로 이름 높았던 시인 성암의 일대기를 다루고자 한 이 작품은 미완이었다. 연재는 40대에 이른 성암이 천황에게 충성을 맹세하며 일본사를 서술하는 의지를 굳히는 장면에서 중단되고 만다. 천황에 대한 충성을 민족의식과 등치시키고 있는 이 작품은 민족과 제국이 친화적인 기표임을 증명해 보인다. 이때 민족서사와 제국서사를 호환 가능케 만드는 기제는 양자에 동시에 걸쳐있는 '충'이라는 덕목이었다. 식민지 조선의 2등신민 김동인은 이 '충'의 이념을 디딤돌 삼아 제국의 욕망을 품어보려 했던 것이다. 굳이 김동인이 아니더라도 제일의 모국어 일본어와 제이의 모국어 조선어 사이에서 끝임 없이 부유하였던 식민지 지식인 가운데 과연 몇이나 그와 같은 미망으로부터 자유로웠던가? 부친의 이름이 친일인명사전에 등재된 사실에 유족들이 내놓은 안타까운 항변을 저승에서 들었을 김동인이 오늘날의 독자 제위에 던지고 싶은 질문일 것이다.

■ 주

1 안영희, 『한일 근대 소설의 문체 성립』, 소명출판, 2011., 154쪽.
2 김동인, 『白馬江』, ≪매일신보≫, 1941. 12. 10.

▶ 단편소설집 『감자』
(한성도서주식회사, 1935)

사진은 김동인의 단편소설집 『감자』의 표지다. 이 단편집은 1925년 1월 『조선문단』에 발표된 「감자」를 비롯해 김동인의 초기 단편 「태형」, 「명화리디아」, 「눈을 겨우 뜰 때」 등이 수록된 김동인의 두 번째 창작집이었다.

금동(琴童) 김동인은 평양 부호의 아들로 태어났다. 하지만 본시 향락과 사치가 심한데다 관개(灌漑)사업과 영화사업에 잘못 뛰어들어 일찍이 그는 젊은 날에 파산한다. 그 여파로 첫 번째 아내마저 떠나고 말았지만 유산의 일부를 최초의 문학동인지 『창조』를 창간하는 데 씀으로써 김동인은 한국근대문학의 형성에 적지 않은 혁혁한 기여를 했다. 그러한 공로에도 불구하고 김동인에게는 늘 친일문인이라는 낙인이 따라붙는다. 1945년 8월 15일 광복 두 시간 전 지원금을 타기 위해 총독부 정보과장 아베를 찾아가 친일작가단을 만들겠다고 간청했다는 일화는 유명하다.

▶ 잡지『야담』창간호

생계가 곤란해진 김동인은 1935년 『야담(野談)』이라는 잡지를 창간한다. 이 잡지는 해방 되던 해까지 발간되는데 창간호부터 재판 인쇄를 할 정도로 그 인기가 꽤나 높았다.『야담』은 대중 역사물 잡지였는데, 놀랍게도 그 대부분이 김동인이 직접 쓴 글로 채워졌다.『야담』보다 앞서 윤백남이 창간한『월간야담』이라는 잡지 역시 거즌 김동인의 글만으로 꾸며졌던 사실을 보건대 그리 놀랄 일이 아니다. 이렇듯 오늘날의 1인출판사에 해당하는『야담』은 집필에서부터 제작 및 판매에 이르기까지 완전한 김동인 개인의 잡지였다. 이『야담』의 운영과 관련하여 김동인은 다음과 같이 술회한 바 있다.

내 글로 내가 잡지를 간행하면, 매번 구구하게 원고료 받지 않고도 내 살림은 영위가 될 것이다. 이리하여 나는 창간비 약간을 마련해 가지고『야담』을 간행하였다. 숫자로 따져 보자면 과연 수지는 맞았다. 그러나 사실에 있어서는 9천여 부까지 나갔는데도 불구하고 매호 새 비용을 처넣지 않으면 다음 호의 간행이 불가능하였다.

하지만 아무리 문제가 뛰어나다 한들 어찌 한 사람의 글만으로 월간 잡지를 간행하는 일이 가능할 수 있을까? 그 비밀은 김동인의 놀라운 집필 속도에 있었다. 이에 대해 김동인의 두 번째 아내 김경애는 "신문에 2회분씩 쓰는 것도 30분 이내로 쓴다. 글을 쓸 적에 원고지 다음 장을 넘기는 소리가 마치 글을 읽을 때 책장 넘기듯 했다."고 회고했으며, 차남 김광명은 "파지 한 장 없었다. 쓸 분량만큼 원고지를 미리 책으로 만들어 쪽수까지 매긴 후에는 수정을 하지 않고 단번에 써 내려갔다."고 증언했다.

김동인의 역사소설 『백마강』은 사진 기사에서 보듯 '내선일체의 성지 백제를 배경으로 신체제에 즉응하여 역사소설의 신기원(新紀元)을 만들고자 눈물겨운 고심을 거듭하여 온 결과'로 예고 광고되었다.

▶ 「『백마강』 예고 광고」, 《매일신보》, 1941. 7. 23.

▶『백마강 1회』, ≪매일신보≫, 1941. 7. 24.

위 사진은 『백마강』의 첫 연재분이다. 장편소설이라는 타이틀과 함께 '一의一'이라는 장 절의 구분이 보인다. 이 시기 역사소설은 앞선 시대 고소설의 분장체 영향을 받아 이처럼 장, 절을 구분하는 형태로 연재 되었다.

이 작품의 결말은 실제로 연재되지 못했다. 소가며 야마도인들이 결사적으로 큰길지의 혈로를 마련하기 위해 신라군에 항전하는 장면이랄지, 신라의 정세를 살피기 위해 혈혈단신으로 길 떠나 소식이 끊겼던 복신이 주류성에 풍과 원병을 얻어 돌아온다는 대단원이 신문에 연재되지 못했던 것이다. 약 12회 정도의 연재분에 해당하는 이 작품의 결말은 1944년 남창서관에서 간행된 단행본에 추가되었다. 이후 한국전쟁기인 1952년 창문사에서 재출간되었다. 이 판본은 앞서 간행된 남창서관과 동일한 판형이었다. 이때 일본식 표기가 한국어로 수정되었다.

만국의 언어로
써내려 간
미완의 종생기終生記

근대는 비범한 영웅의 탄생을 더 이상 기대할 수 없는 시대였다. 영웅이 사라진 자리를 꿰찬 이는 루저(LOSER)였으니, 그들의 이야기는 '소설(fiction)'이라는 새로운 서사문학의 등장과 함께 전파되었다. 일찍이 식민지 조선의 살풍경 속에서 스스로 루저임을 자처한 이가 있었다. 자칭 '이상(李箱)'이란 사내 김해경이 그다. 그는 근대적인 룸펜이자 모더니스트였다. 그 같은 상투적 설명을 과감히 양보한다면, 그를 이르기에 가장 적합한 수사는 바로 루저일 것이다. 자본주의를 누구보다도 앞서 체득하였으나 철천(徹天)의 패배를 자초함으로써 그 심장에 비수를 꽂은 우리 시대의 영웅이 이상이다.

'이상'이 승리한 패배자라니 그 물적 증거를 찾자면 먼저 그의 자전적 소설 「날개」의 한 장면을 거들떠볼 일이다.

한 시간 동안을 나는 이렇게 초조하게 굴지 않으면 안 되었다. 나는 이불을 획 제쳐버리고 일어나서 장지를 열고 아내 방으로 비철비철 달려갔던 것이다. 내게는 거의 의식이라는 것이 없었다. 나는 아내 이불 위에 엎드러지면서 바지 포켓 속에서 그 돈 오 원을 꺼내 아내 손에 쥐어 준 것을 간신히 기억할 뿐이다. 이튿날 잠이 깨었을 때 나는 내 아내 방 아내 이불 속에 있었다. 이것이 이 삼십삼 번지에서 살기 시작한 이래 내가 아내 방에서 잔 맨 처음이었다.…

아내는 내객이 놓고 간 은화를 나에게 주고, 나는 그 소용을 몰라 금고에 모았다 아내에게 되돌려 준다. 그 날 처음으로 나는 아내와 동침을 한다. '내객들이 아내에게 돈 놓고 가는 심리며 내 아내가 내게 돈 놓고 가는 심리의 비밀'을 비로소 알아낸 나는 여간 즐거운 것이 아니어서 어깨춤이 나기까지 한다. 내가 알아낸 그 비밀이란 무엇인가? 그렇다 매매춘의 섭리다. 아내의 성(性)이란 은화로 교환되어야 마땅한 상품이다. 내가 아내의 사랑을 확인할 수 있게 된 것도, 그 사랑의 희열에 빙그레 웃음이 나게 된 것도 이 엄연한 거래의 규칙을 깨달은 데서 비롯된 기쁨이다. 그렇게 익힌 학습의 효과는 「봉별기(逢別記)」에선 심지어 내가 그 사업의 적극적인 가담자로 나서는 것으로 나타난다.

나는 금홍이에게 노름채를 주지 않았다. 왜? 날마다 밤마다 금홍이가 내 방에 있거나 내가 금홍이 방에 있거나 했기 때문에—그 대신—우(禹)라는 불란서 유학생의 유야랑을 나는 금홍이에게 권하였다. 금홍이는 내 말대로 우씨와 더불어 '독탕(獨湯)'에 들어갔다. 이 '독탕'이라는 것은 좀 음란한 설비였다. 나는 이 음란한 설비 문간에 나란히 벗어 놓은 우씨와 금홍이 신발을 보고 언짢아하지 않았다. 나는 또 내 곁방에 와 묵고 있는 C라는 변호사에게도 금홍이를 권하였다. C는 내 열성에 감동되어 하는 수 없이 금홍이 방을 범했다.

아내 '금홍'의 사업 번창을 위해 모든 인맥을 동원한 수고 덕에 나는 노름채를 주지 않고서도 그녀의 방에 항시 머무를 수 있는 특권을 누린다. 그 결과 나는 "천하의 여성은 다소간 매춘부의 요소를 품었느니라"는 신념 또한 갖게 된다. 물론 "매춘부에게 은화를 지불하면서는 한 번도 그네들을 매춘부라고 생각"하지 않는다.

그렇듯 아내는 거리의 여인이자 나와 같은 방에 머무는 여인이다. '가외가(家外家)'의 창녀이자 '가외가(街外街)'의 아내이다.[1] 집과 거리를 가로지르는 아내의 성(性)에 눈뜨면서 게으르기만 한 나는 자본주의가 차려놓은 게임의 규칙에 점차 익숙해져 간다. 아내의 영업이 끝나기 전까지는 결코 귀가해서는 안 되는 시간의 규율을, 그리고 그 동안 결코 써서는 안 될 은화를 고이 간직하기 위해 거리를 헤매며 공간의 규율을 배워나가는 것이다. 경성역 티룸(tearoom)에 걸린 시계와 회탁(灰濁)의 거리를 오감(烏瞰)할 수 있는 미쓰꼬시 백화점의 옥상은 그런 나를 자본주의의 우등 학습자로 길러내는 근대의 크로노토프(Chronotope), 시공간이다. 그러나 그곳의 규율은 "아무리 방 덧문을 첩첩 닫고 1년 열두 달을 수염도 안 깎고 누워 있다 하더라도 잔인한 '관계'를 가지고 담벼락을 뚫고 스며"[2] 들어올 것이었으니, 일단 그 그물에 걸려든 내가 벗어날 길은 요원하다. 오로지 죽음만이 유일한 출구이기에 나는 스스로 종생기(終生記), 곧 유서를 쓰기로 작정한다. 그러나 그 일마저도 결코 간단치 않다.

열세 벌의 유서를 거의 완성할 무렵 '나' 이상은 치사(侈奢)한 소녀 '정희'와의 밀당에서 처절한 패배를 맛본다. 그 사건이 내가 종생기를 끝낼 수 없는 이유가 된다. 홍천사 으슥한 구석방으로 나를 불러내 정사를 마친 후 정희는 편지 한 통을 내 앞에 떨어뜨리고 모른 체한다. 'R'과도 깨끗이 헤어졌고 'S'와도 절연한지 벌써 다섯 달이나 된다며, 자신을 선생님의 '전용'이 되게 해달라며 어젯밤 '나'에게 정희가 속달을 띄운 후 곧 뒤이어 S라는 사내에게서 받은 속달이다. 아내라는 추물을 처치하고 두 사람만의 생활에 대한 설계를 의논하자며 S가 띄운 그 편지의 황홀한 전율을 즐기기 위해 정희는 나 '이상'을 희생양으로 징발했던 것이다. 나는 그렇게 '속고 또 속고 또 또 속고 또 또 또 속았다.' 그리고 이내 혼절한다.

정희는 지금도 어느 빌딩 걸상 위에서 듀로워즈의 끈을 푸는 중이요 지금도 어느 태서관 별장 방석을 비이고 듀로워즈의 끝을 푸는 중이요 지금도 어느 송림 속 잔디 벗어 놓은 외투 위에서 듀로워즈의 끈을 성성(盛)히 푸는 중이니까 다.

이것은 물론 내가 가만히 있을 수 없는 재앙이다.

나는 이를 간다.

나는 걸핏하면 까무라친다.

나는 부글부글 끓는다.

내가 눈을 다시 떴을 때 거기 정희는 없고, 위 인용문에서처럼 뭇 사내들 앞에서 드로어즈(속옷)를 바삐 푸는 그녀의 얼굴만이 뇌리에 겹쳐 떠오른다. 그 순간 "나는 이 철천의 원한에서 슬그머니 좀 비켜서고 싶고, 마음의 따뜻한 평화 따위가 그립다."

위선에 찬 나의 점잖은 사랑이 만 19세 정희의 공포에 가까운 변신술에 이내 비웃음거리가 되어버린 이상의 쓰디쓴 기록은 1930년대 식민지 조선의 어두운 뒷골목 풍경을 증언한다. 뭇 사내들을 성적으로 농락하는 정희가 '만 이십육 세와 삼 개월을 맞이하는 이상 선생'을 매개로 일순간 허수아비요 노옹(老翁)으로, 그것도 무릎이 귀를 넘는 해골로 만들어 버리는 현실이 곧 자본주의 조선의 잔혹한 민낯이었던 것이다. 따라서 역설적이게도 철천의 수사학으로 그 패배를 자인한 이상의 이 미완의 '종생기'야말로 패배로써 자본주의의 심장을 겨눈 사건이라 하지 않을 수 없다.

식민지 지식인 이상이 그토록 통렬한 통찰의 자본주의 입문서를 유서로 작성하게 된 배경은 무엇이었을까? 그 단서는 잡동사니에 가까운 그의 언어 뭉치에서 목격된다. 이상은 기형적인 식민 자본주가 낳은 세계인이었다. 그에게 조선은 모국이었으되, 그는 결코 스스로를 조선인으로 각성하지 않았다. 조선어에 대한 끝없는 불신과 이반 속에서 그는 이방의 언어에 열등한 자신을 노출시키기를 한치도 주저하지 않았다. 자본주의의 희생양임을 자처하기 위해서는 스스로 모국어를 버리고 문화적 혼혈아로 신생(新生)해야 한다는 냉혹한 현실을 온몸으로 수긍했기 때문이다.

위와 같은 사실이 믿기지 않을 독자를 위하여 만국의 고아 이
상이 작성한 소설어 사전의 일단을 갈래지어 보면 다음과 같다.[3]

* '앙감질',[4] '똥기다',[5] '더리다',[6] '글탄하다',[7] '안차고 다라지
다',[8] '깨단하다'[9]등 이미 사어가 되어버린 것이나 다름없는
조선어

* '완이(莞爾)',[10] '도영(倒影)',[11] '토식(討食)',[12] '저립(佇立)'[13] 등의
한자어

* '타기만만(墮氣滿滿)',[14] '전후불각(前後不覺)',[15] '천려일실(千
慮一失)',[16] '육향분복(肉香忿馥)'[17] 등의 사자성어

* '차인잔고(差引殘高)'[18] '와 같은 일본식 한자, '절조숙녀(窃窕
淑女)'[19] 의 경우처럼 '요조숙녀(窈窕淑女)'를 파자하여 만든
조어, '活胡同是死胡同 死胡同是活胡同'[20]와 같은 한문

* '헤드 쿡 head cook(주방장)', '토롯코',[21] '콘덴스트 밀크(연유)',
'앙뿌르 ampoule(전구)', '베에제',[22] '에하가키',[23] '루파슈카',[24]
'유카타',[25] '투어리스트 뷰로 tourist bureau(여행사)', '슈미즈
chemise',[26] '드로어즈 drawers', '알라모드',[27] '아달린',[28] '오사
게',[29] 'NOVA',[30] '임포텐스'[31] 등의 외래어

근대문명사의 색인이라 할 정도로 다채로운 스펙트럼을 보여주는 이 아카이브야말로 이상의 정신세계를 구조화했던 뉴런이나 다름없었을 터, 그로부터 식민지 자본주의에 맞선 룸펜 지식인의 처절한 고투의 혈흔을 발견한다면 억측일까!

■주

1 이상의 시 「街外街傳」이 이를 잘 보여준다. 이경훈, 『이상, 철천의 수사학』, 소명 출판, 2004. 참조.
2 이상의 소설 「지주회시」의 한 구절.
3 이에 제시된 내용은 김주현이 책임 편집한 『이상 단편선 날개』(문학과지성사, 2005)의 주를 참고한 것임.
4 한 발은 들고 한 발로만 뛰어가는 짓.
5 모르는 것을 일러주어 깨닫게 하다.
6 격에 안 맞아 좀 떠름하다, 아니꼽고 야비하다.
7 속을 태우며 걱정한다는 뜻.
8 '성질이 겁이 없고 깜찍하며 당돌하다'는 뜻이다.
9 오랫동안 생각나지 않던 것을 어떤 실마리로 하여 깨달아 분명히 안다는 뜻.
10 빙그레.
11 거꾸로 비치다.
12 음식을 억지로 청하여 먹다.
13 우두커니 섬.
14 타기는 곧, 태기로 게으른 마음, 게으름을 뜻한다.
15 앞뒤 분간하지 못함.
16 천 가지 생각 중의 한 가지 실수라는 뜻으로, 아무리 지혜로운 사람도 한 번쯤은 실수가 있다는 것을 비유하는 말.

17 몸에서 풍기는 향내.
18 뺀 나머지 금액.
19 요조성을 절취해 다니는 여자라는 의미.
20 뚫린 골목은 막힌(또는 막다른) 골목이요, 막힌 골목은 뚫린 골목이다.
21 광산이나 공사 현장에 사용되던 지붕 없는 열차.
22 베제, '키스'를 뜻하는 불어.
23 그림엽서를 뜻하는 일본어.
24 러시아 남자들이 입는 블라우스 풍의 상의.
25 목욕을 한 뒤 여름철에 입는 무명 홑옷.
26 여성의 양장용 속옷의 한 가지. 어깨에서 엉덩이를 가릴 정도의 길이로 보통 소
　매가 없음.
27 최신 유행을 뜻하는 불어.
28 최면제의 상품명.
29 소녀의 땋아 늘인 머리, 양 끝을 늘어뜨리는 여자의 띠 매는 법을 뜻하는 일본어.
30 에스페란토어로 '우리'라는 뜻으로 동경 신주쿠에 있던 맥주홀 이름.
31 음경이 발기하지 않아 성교가 되지 않는 상태.

사진 속 「봉별기」는 이상의 자전적 소설이다. 이 작품의 제목은 그의 첫 번째 여인이었던 금홍(錦紅)과의 만남에서부터 헤어지기까지의 기록이란 뜻을 담고 있다. 실제로 이상은 총독부 기사직을 그만둔 후 가족의 만류를 뿌리치고 친구 구본웅과 요양을 위해 백천 온천에 가게 되는데, 그곳에서 기생 금홍(본명 蓮心)을 만났다.

▶ 이상의 연애편지

"하지만 정희야, 이건 언제라도 좋다. 네가 백발일 때도 좋고 내일이래도 좋다. 만일 네 마음이 흐리고 어리석은 마음이 아니라 네 별보다도 더 또렷하고 하늘보다도 더 높은 네 아름다운 마음이 행여 날 찾거든 혹시 그러한 날이 오거든 너는 부디 내게로 와다오. 나는 진정 네가 좋다."

사진은 이상의 친필 편지의 일부다. 이상이 25세 되던 해(1935)에 쓴 것으로 추정되는 원고지 3장 분량의 이 편지는 작가 최정희(1912~1990)를 향한 가슴 절절한 고백을 담고 있다. 최정희는 당시 23세 이혼녀였는데, 시인 백석에게도 구애를 받을 정도로 뭇 사내들의 사랑을 받았다. 이 러브레터는 이상의 단편소설「종생기」(『조광』, 1937. 5)의 모티프가 된다.

▶ 1930년대 조선은행 앞 광장과 미쓰꼬시 백화점 경성 지점

위 사진은 이상의 대표작「날개」(『조광』, 1936. 9)의 주인공이 "나는 어디로 어디로 들입다 쏘다녔는지 하나도 모른다. 다만 몇 시간 후에 내가 미쓰꼬시 옥상에 있는 것을 깨달았을 때는 거의 대낮이었다."고 말한 조선은행 앞 광장과 미쓰꼬시 백화점 경성 지점의 모습이다. 『날개』의 주인공이 경성 시내를 배회하다 지쳐 도착한 곳

이 바로 식민지 조선의 심장에 세워진 백화점 옥상이었던 것이다. 한국 최초의 백화점 미쓰꼬시는 현재 신세계백화점 본점으로 바뀌었다.

　　미쓰꼬시 옥상에서 『날개』의 주인공은 정오의 사이렌이 울릴 때 현란한 거리의 풍경에 어지러움을 느끼며 저 유명한 대사, "한 번만 더 날자꾸나. 한 번만 더 날아 보자꾸나."를 외친다. 근대 자본주의의 상징인 백화점에서, 그것도 당시로서는 엄청난 높이에 공포에 질렸을 그곳에서 이상은 왜 그처럼 절규했던 것일까?

▶ 이상과 김유정이 참여한 구인회 회원들

소설 이상으로 이상의 삶은 일반인에게는 정상이 아닌 이상으로 비쳤다. 반면 많은 동시대 예술가들에게 그의 천재적 재능은 늘 질투의 이상이기도 했다. 이상을 둘러싼 적지 않은 일화 중 전설처럼 전해지는 이야기 가운데 하나는 그가 유언으로 남긴 레몬 향기를 맡고 싶다는 말이다. 이상의 이 마지막 육성은 실은 일본의 시인이자 조각가 다까무라 고오타로(高村光太郎)의 시「레몬 애가(レモン 哀歌)」로부터 와전된 것이었다. 정신분열증을 앓던 그의 아내 치에꼬(智惠子)가 1938년 죽음에 임박해 레몬을 찾았고, 다까무라 고오타로는 이 임종을 시로 남겼다. 그 일부를 보면 이러하다.

그렇게도 당신은 레몬을 기다렸지.
슬프도록 희고 밝은 임종의 침상에서
내 손에서 받아든 한 알의 레몬
당신의 고운 이빨로 오드득 깨물었지.[1]

그런데 정작 죽음에 닥쳐 이상이 원했던 과일은 레몬이 아닌 '셈비끼야(千匹屋) 메롱'이었다. 이상의 마지막 순간을 함께 했던 당

1 　이경훈, 『이상, 철천의 수사학』, 소명출판, 2000, 133쪽.

시 아내 변동림의 증언에 따르면, 일본의 센비키야 농원의 멜론과 프랑스식 '코페 빵'을 이상이 찾더라는 것이다. 어렵게 구해온 그 빵을 맛본 이상은 자신이 원한 것과 다르다며 짜증을 냈다. 이 일화는 이상이 미식가였다는 사실을 말해준다기보다 조선의 경계를 탈주한 세계인으로서의 감각을 보여준다는 점에서 흥미롭다.

이상의 일화 중 또 하나 잘못 알려진 사실이 그의 사인이다. 이상은 1937년 4월 17일 동경제국대학 부속병원에서 죽었다. 구인회의 단짝이었던 김유정이 세상을 떠난 1937년 3월 29일로부터 채 한 달이 지나지 않아서다. 김유정의 나이 스물아홉, 이상의 나이 스물일곱이었다. 살아서의 우정만큼 죽음 역시 이렇듯 그들의 인연은 깊었다. 하여 문단에서는 5월 15일 부민관에서 합동추도식을 올렸다. 한때 두 사람의 죽음이 모두 폐결핵이었다고 알려지면서 그들의 기묘한 인연이 전설처럼 회자되곤 했다. 하지만 김유정이 가난 속에서 폐결핵으로 죽어간 건 맞으나 사망진단서가 말하는 이상의 사인은 '결핵성뇌매독'이었다.

다방 경영에 실패하고 새로운 길을 찾아 건너간 일본에서 이상은 불온사상 혐의로 체포되고 만다. 그 후 병보석으로 풀려났으나 이전부터 앓아온 성병이 악화되면서 이국땅에서 자신의 종생기에 마침표를 찍은 것이다. 곁에서 임종을 같이 한 김소운의 회고에 의

하면, 길진섭이 이상의 데드마스크를 뜰 때 얼굴에 바른 기름이 모자랐던지 수염이 떼어낸 석고에 묻어 나왔다고 한다. 그렇게 매춘과 방탕, 그리고 질투로 점철되었던 한 천재의 최후는 초라했다. 차라리 어디론가 사라져버린 그의 데드마스크가 영원히 발견되지 않길, 그를 사랑한 독자라면 진심 바라지 않을까?

넷째 매듭 _ 염상섭

모던보이가
   부르는
   차가운
엘레지^{élégie}

독자 여러분 "관(館)에 들어가는 소"라는 말을 들어보신 적이 있으신가? 필자에게도 낯선 이 속담은 '관에 들어가는 소 걸음처럼 아주 풀이 죽어 겁을 내며 걷는 걸음'을 이른다. 이 정도 속담쯤이야 하는 독자가 혹여 있으시다면, "미친 체하고 떡 목판에 엎드려진다."는 속담은 짜장 들어보셨는지?? 사리를 잘 알면서도 짐짓 모르는 체하고 욕심을 부리는 사람을 이르는 말이다. 이 두 질문에 명쾌하게 답변을 한 독자라면 『만세전(萬歲前)』을 읽으셨거나 최소한 읽어낼 능력이 충분한 이가 틀림없다. 식민시기 최고의 사실주의 작가로 명망이 높았던, 그러나 정작 대중으로부터 끈끈한 사랑을 받지는 못했던 작가, 횡보 염상섭의 초기 대표작 『만세전』은 이 같은 속담들이 진설된 잔칫상과도 같다. "조 비비듯 하다.", "뒤주 밑이 긁히면 밥맛이 더 난다.", "염통 밑에 쉬스는 줄 모른다." 등 숱한 속담들이 마치 경연을 벌이듯 앞다투어 등장한다. 도대체 어떤 내용이길래 무릇 고전소설의 전유물이라 할 이 오래 묵은 클리셰(cliché)들이 난무하는 것일까?

『만세전』은 주인공 '나', '이인화'라는 인물의 내면 기록이다. 이인화는 모던보이다. 모국이 식민지인 조선인이다. 근대인이다. 내지에 거주하는 유학생이다. 그리고 문학도다. 그에게는 세 살 연상의 아내와 어린 아들이 있다. 그 아내의 죽음이 임박했다는 전보를 받고 일시 경성으로 귀환하여 다시 일본으로 돌아가기까지의 여정과 일련의 사건이 『만세전』의 겉이야기다. 이에 눈이 멀어 그간 우리는 식민지 조선의 현실에 대한 냉소와 민족주의 사이에서 분열하는 지식인의 초상으로 이 작품을 읽는 데 토를 달지 않았다. 그러나 이 모던한 소설에 한물간 속담들이 즐비하다는 사실이 새삼 낯설듯이 이 작품을 읽는 경로를 달리하건대, 기막힌 반전까지는 아니더라도 새삼스러운 흥미가 소소하지 않다. 이러한 연유로 이인화가 아닌 그의 여성들에 주목해보기로 한다. 오늘날 속칭 '밀당'으로 통하는 이인화의 연애 기술을 가늠해볼 좋은 시험대가 될 것이다.

근대인 이인화의 첫 번째 여자는 연상의 아내다. 조혼으로 만난 아내는 봉건의 멍에에 씌워 지금 죽음을 목전에 두고 있다. 시집이라고 왔어도 이인화와 살아본 기간은 날짜로 따져도 며칠이 안 된다. 그가 열셋, 아내가 열다섯에 비둘기장 같은 신방을 꾸몄으니까 10년 동안이나 시집살이를 한 셈이다. 그러나 이인화가 열다섯 살에 일본으로 도망쳤으므로 실상 부부라는 것은 말뿐이다. '민주를 대면서도' 하루바삐 납시사고 축원을 하고 축원을 하면서도 민주를 대던[1] 병인 아내는 그예 숨이 넘어가고 만다. 양의(洋醫)를 찾아가 유종(乳腫)을 파종했으면 살았을 목숨이 뭇 사내에게 가슴을 드러내놓을 수 없다는 부친의 신념에 파국을 맞은 것이다. 초상 중 이인화의 가장 큰 고통은 눈물 안 나오는 울음을 울라는 것이었다. 그는 그렇게 첫 번째 여자를 보냈다.

싫든 좋든 하여간, 근 육칠 년간이나 소위 부부란 이름을 띠고 지내온 아내가 당장 숨을 몬다는 급전을 받았을 때, 이인화의 뱃속 저 뒤에서 울리는 이름은 '정자!' 정자였다. 아내의 죽음 소식마저 무색하게 만들며 이렇듯 이인화를 고뇌에 빠뜨린 정자는 도대체 누구인가? 그녀는 동경 유학 중 만난 카페여급이다. 일본인이다. 고등여학교를 3년이나 수업한 그녀는 소설이나 잡지 권을 탐독한 모던걸이다. 하여 그녀와 함께 일하는 여급 'P'자는 그녀를 경앙(景仰)하는 동시에 한손접힌다. 어떠한 손님이든지, 심지어 P자와 친숙한 사람도 나중에는 정자에게로 빼앗긴다. 그런 정자가 조선인 이인화에게 이성의 감정을 은연중 드러낸 것은 일대 사건이다.

이인화는 아내의 초상 중에 정자로부터 편지를 받는다. 그녀는 편지에서 대학 진학을 결심하였다는 내용과 함께 학비를 대달라거나 어떻게 같이 살아보았으면 하는 의사를 은근히 비친다. 그러나 데리고 살 수 없는 여자였다. 결국 사랑이란 간섭이나 소유에 있는 것이 아니라는 명분을 내세워 이인화는 결별의 답장을 보낸다. 그녀가 카페여급이었다고는 하나 식민지 조선의 사내가 내지인 여성과 부부의 연을 새롭게 맺는 것이 결코 쉽지 않은 현실임을 이인화는 인정하지 않을 수 없었던 것이다. 그녀와의 만남은 과거 '을라'와의 관계가 그러했듯 어디까지나 청춘의 향락으로 남아야 마땅한 추억이었다.

한때 이인화의 여자였던 을라는 이제 연애의 기술자가 되었다. 여염집 하숙 주인인지 어떤 절간의 중인지 하는 일본 놈하고 관계가 있었다는 자신을 둘러싼 소문에도 아랑곳하지 않고 그녀는 지금 '병화'의 연모에 어느 정도 마음을 허락한 상태다. 병화로부터 학비를 받으면서도 간만에 만난 이인화에게 을라는 쌍수집병(雙手執餠)의 태도를 보인다. 그녀는 자신을 떠난 이인화에게 또 다시 다가가려 애를 쓰며 병화까지 이용하려 든다.

> "글쎄, 병화씨하고 무슨 깊은 관계가 있는 듯이, 늘 오해를 하시지만……"
> "누가 오해는 무슨 오해를 해요. 사람에게 러브를 할 자유조차 없다면, 죽어야 마땅하지…… 오해를 하거나 육해를 하거나 아주 육회(肉膾)를 하거나, 그까짓 게 다 무어예요. 하하하. 참 너무 늦어서 미안하외다. 인젠 차차 가봐야지……" 하고, 나는 모자를 들어서 만적만적하다[2]가,
> "에잇 실미적지근해[3] 못 살겠다."
> 이같이 토하듯이, 혼자말처럼, 한마디 하고 와락 일어났다.

그러나 이 농락에 이인화는 위의 대화에서 보듯 모자를 만적만적하며 잠시 흔들리는가 싶다가 이내 마음이 실미적지근해지자 자리를 박차고 일어선다. 그녀가 다른 남자, 그것도 자신의 친구이자 사촌인 병화의 여자가 되었다는 사실이 환기시킨 질투가 그를 일으켜 세운 것이다. 을라 역시 그렇게 냉소로 지워야 할 과거의

여자가 되었다.

부산에 도착하여 경성행 기차에 오르기 전 이인화는 일본 국숫집에 들어가 세 계집애를 앞에 두고 술판을 차린다. 자신이 조선 사람이기 때문에 무례하고 뻔뻔하게 군다고 생각한 이인화는 계집애들을 업신여기고 조롱하는 태도를 취한다. 그중 얼굴이 예쁜 계집애는 내지에서 건너온 지 얼마 안 되는 숫보기로만 생각하였는데 의외로 조선 소리를 잘 한다. 일본인 아비와 조선인 어미를 가졌다는 그 계집은 어쩐지 조선 사람 어머니를 가진 것이 앞이 굽는다는 모양이다. 조선 사람인 어머니보다는 일본 사람인 아버지를 찾아가겠다는 그 계집에게, 아니 그런 계집의 어미에게 이인화는 한층 연민을 느낀다. 잠시 그녀의 미모에 이끌려 동했던 연애 충동은 그렇게 연민에 가려 경멸로 화하고 만다. 이성을 향한 욕망이 철옹성 같은 자기애 앞에서 또 한 번 핍진해지는 순간이다.

동경으로 돌아가는 기차 승강대에 섰을 때 내년 봄 다시 성례하라는 형님의 권유를 "겨우 무덤 속에서 빠져나가는데요?"라는 말로 웃어넘기며 이인화는 네 여성과의 인연의 끈에서 비로소 풀려난다. 식민지 현실로부터 옴칠 수도 내칠 수도 없던 한 지식인의 정신적 여정은 이렇듯 사랑의 변주곡이자 서투른 연애술에 대한 회심의 고백성사로 갈무리된다. 그 내적 분열의 이중주가 이제는 생경한 우리말 표현으로 연주되고 있기에 백여 년이 지난 지금 『만세전』은 여전히 차가운 한 편의 엘레지(élégie, 悲歌)로 읽히는 것인지 모를 일이다.

* 허덕지덕: 몹시 지쳐서 정신을 못 차릴 정도로 허덕거리는 모양.

* 생광스럽다: 아쉬운 때에 보람 있게 쓰게 되다.

* 제치다: 거치적거리지 않게 치우다. 여기서는 밥맛이 없다는 뜻.

* 듬성긋하다: 촘촘하지 아니하고 드물고 성기다.

* 어푸수수하다: 어중간하다의 뜻. 어떤 기준에 딱 들어맞지는 않으나 어
　　　　지간히 비슷하다.

* 우자스럽다: 보기에 됨됨이가 어리석고 미련한 데가 있다. 어리석어서
　　　　신분에 걸맞지 않게 행동하다.

* 얼쩍하다: 얼쩍지근하다의 뜻. 술에 잔뜩 취하여 정신이 아리숭하다.

* 보유스름하다: 빛이 진하지 않고 약간 보얀 듯하다. 희미하고 아주 곱게
　　　　보얗다.

* 꼽들다: 돌아 들어가다. 꼬불꼬불 휘돌다.

* 물끄럼말끄럼: 말없이 서로 얼굴만 물끄러미 보다가, 말끄러미 보다가
　　　　하는 모양.

* 우중우중: 우죽우죽의 뜻. 공연히 무슨 일이나 있는 것처럼 바쁜 듯이
　　　　몸짓을 하면서 걷는 모양.

* 팔초하다: 얼굴에 살이 없이 좁고 턱이 뾰족하다.

* 도지개 틀다: 괜히 몸을 이리저리 꼬며 움직이다.

* 아기족아기족: 다리를 부자연스럽게 움직이면서 되똑되똑 걷는 모양.

* 재깔재깔: 좀 떠들썩하게 자꾸 이야기하는 모양, 또는 그 소리.

* 설면하다: 자주 만나지 못하여 좀 설다. 정답지 아니하다.

* 살살고: 살살, 실속의 뜻. 겉에 드러나지 아니한 실제의 이익.

* 쑤석쑤석하다: 잇달아 마구 쑤시다. 들추어 뒤지다. 남을 추기거나 꾀어 충동하다.

* 느럭느럭하다: 말이나 하는 짓이 매우 느리다. 말이나 하는 짓을 느리고 게으르게 하다.

* 납청장이 되다: 사람이나 물건이 매우 심하게 얻어 맞거나 눌리어 납작해지다. 평안북도 정주군 납청 시장에서 만드는 국수는 잘 쳐서 만들어서 질기다는 소문에서 유래.

* 곱살스럽다: 얼굴 모습이 보기에 예쁘장하고 얌전하다.

* 깝살리다: 찾아온 사람을 따돌려 보내다. 제물을 흐지부지 다 없애다.

* 감숭하다: 드물게 난 짧은 털 같은 것이 가무스름하다.

* 엇먹다: 사리에 맞지 않는 언행으로 비꼬다.

* 장을 대다: 눈독을 들이다. 욕심을 내어 벼르거나 또는 주목한 사실로 하여 눈여겨 보다.

* 바자위다: 성질이 너무 알뜰하여 너그럽고 부드러운 일을 오래 버티어 배기다.

* 첫대바기: 막 다다르자 맨 처음으로.

* 버르집다: 숨은 일을 벌리어 드러내다. 작은 일을 크게 떠벌리다.

* 부전부전하다: 남의 몹시 바쁜 것은 생각하지 않고 제 일만 하려고 부지런하게 서두르다.

* 꿉적꿉적하다: 머리를 숙이고 몸을 자꾸 굽히다.

* **엄벙뗑하다**: 얼렁뚱땅하다. 남의 환심을 사기 위하여 교묘히 속이다.

* **끈죽끈죽하다**: 매우 끈질기다.[4]

■ 주

1 민주대다: 넌더리가 나게 하다라는 의미의 강원도 사투리.
2 자꾸 만지다
3 어떤 일이 마음에 내키지 않아 열성이 없다.
4 다음 책의 주를 참고함.
   임무출, 『염상섭의 만세전· 삼대 어휘 해석』, 문창사, 1995.

▶ 『만세전 1회』, ≪시대일보≫, 1924. 4. 6.

　　염상섭의 중편『만세전』은 '묘지(墓地)'라는 제목으로 1922년 『신생활』7월호에 처음 연재되었다. 그러나 검열로 3회 분이 삭제 당하고 잡지 역시 폐간되었다. 이후 ≪시대일보≫ 창간호에서부터 '만세전'으로 제목이 바뀌어 연재가 재개된다. 위 사진은 연재 첫 회 분이다. 『만세전』은 주인공의 여정을 따라 사건의 발생과 해결이 이루어지는 전형적인 '여로형 소설'이다. 그러나 단순히 주인공 '이인화'의 행적에 근거해 이 작품을 여로형 소설로 판정하는 것은 아니다. 아내의 임종을 위해 동경에서 출발해 경성에 이른 이인화가 장례를 마치고 동경으로 회귀하는 이야기 구조는 곧 그의 내적 갈등의 여정이기도 하다. 처음 전보를 받고 동경을 떠날 당시의 이인화와 경성을 거쳐 다시금 동경으로 향하는 이인화는 분명 같은 인물이되 다른 인물이다.

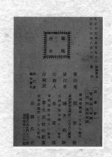

▶ 『만세전』(고려공사, 1924)(좌)　　▶ 『만세전』(고려공사, 1924) 판권지(우)

　『만세전』은 1922년 6월 1일자 59회로 연재가 완결된 후 같은 해 8월 〈고려공사〉에서 개작을 거쳐 위 사진의 표지와 같은 단행본으로 간행되었다. 이 단행본의 발간 과정에서 신문연재본의 문장을 전체적으로 수정하거나 가감하는 수준의 개작이 이루어졌다. 아울러 검열로 삭제되었던 부분들이 복원되었다. 이 단행본에서 다소 의아스러운 부분이 발견된다. 표지에 '염상섭'으로 표기된 것과 달리

판권지에는 저작자가 '양규룡(梁奎龍)'으로 밝혀져 있는 것이다. 소설 속 등장인물의 이름을 짓는 데, 평소 동네 문패들을 찬찬히 살펴 그 항렬까지 따져가며 참고하였던 작가의 일화를 생각건대, 이에는 뭔가 특별한 사연이 숨어 있는 듯하다.

이후 이 작품은 다시 개작되어 1948년 〈수선사〉에서 재간행된다. 이 단행본의 출간 과정에서 구문, 시제, 문장, 이념의 첨가와 변경 등에서 적지 않은 개작이 행해졌다. 일례로 앞선 〈고려공사〉 간행 단행본에서 정자가 이인화에게 보낸 3쪽에 달하는 편지가 이 〈수선사〉 간행 단행본에서는 그 내용만이 간단히 언급된다. 그런 만큼 정자와 이인화 사이의 정서적 거리감은 커진다. 아울러 냉소적인 식민지 지식인으로서 정신적 방황을 거듭하던 이인화가 〈수선사〉 판본에서는 민족의식을 지닌 인물로 바뀐다. 해방이 이 같은 개작의 직접적인 배경이었으리라. 이렇듯 '묘지'라는 제목의 잡지 연재에서 해방 후 재개작 단행본 『만세전』에 이르기까지 이 작품은 26년의 세월을 거쳐 완성되었다. 작자 염상섭이 이 작품에 쏟은 열정과 애정이 얼마나 컸는지 능히 그 시간의 무게로 가늠되고도 남음이 있다. 『만세전』의 주인공 이인화로 스스로를 빗대었던 염상섭은 어떤 생의 길을 걸었나?

염상섭은 일본 유학 중 시위 주동 혐의로 금고형을 받은 적이 있다. 그런가 하면 일본이 만주 지역에서 대조선인용으로 찍어낸 기관지 《만몽일보》와 《간도일보》가 합쳐져 발행된 《만선일보》의 편집자 겸 주필로도 활동했다. 민족주의자와 친일문인 모두를 의심케 하는 행적이다. 한편 해방기의 염상섭은 민족주의와 사회주의

간의 첨예한 대립 앞에서 중립적인 정치 노선에 서 있었다. 한국전쟁이 발발하고서는 해군 소령으로 정훈장교이자 종군작가로 활동했다. 휴전이 된 해 염상섭은 한국전쟁 당시의 풍속과 세태를 사실적으로 그린 장편『취우』를 ≪조선일보≫(1952. 7~1953. 2.)에 연재하기 시작한다.

▶『취우』(을유문화사, 1954)

『취우』의 주인공 '강순제'는 한미무역회사 사장 '김학수'의 비서 겸 애첩이다. 사변이 나자 김학수는 강순제와 조사과장 '신영식'을 대동하여 피난길에 나선다. 하지만 한강교의 폭파로 좌절되고 결국 신영식의 집에서 숨어 지낸다. 신영식은 '정명선'과 이미 약혼한 사이였으나 강순제와 사랑에 그만 빠지고 만다. 그때 월북한 강순제의 남편이 나타나 재결합을 요구하고, 신영식은 의용군에 끌려간다. 국군의 반격으로 생환한 신영식은 정명선을 단념하고 자신의 가족을 위해 헌신한 강순제와 결합하게 된다.

이처럼『취우』는 '신영식-강순제-김학수', '강순제-신영식-정명선'으로 이어지는 애정의 삼각관계 연애담이다. 그러나 이들 인물 간의 갈등, 곧 그들의 일상을 자세히 들여다보건대, 거기에는 적 치하

서울의 현실이 생생하다. 특별하다 할 전쟁 장면이 이 작품에는 등장하지 않으나 이 작품만큼 한국전쟁을 사실적으로 그려낸 작품도 드물다. 소나기를 뜻하는 이 작품의 제목 '취우(驟雨)'는 바로 그와 같은 전쟁을 은유한다. 이와 관련하여 연재 예고광고를 통해 작자 염상섭은 다음과 같이 말하고 있다.

> 나는 이번 난리를 겪으면서 문득문득 머리에 떠오르는 것은 썰물
> 같이 밀려가는 피난민의 떼를 담배를 피우며 손주 새끼와 태연 무
> 심히 바라보는 노인의 얼굴과 강아지의 우두커니 섰는 꼴이다. 길
> 이편에서는 소낙비가 쏟아지는데 마주 뵈는 건너편에서는 햇살이
> 쨍이 비추는 것을 눈이 부시게 바라보는 듯한 그런 느낌이다. 생
> 각하면 이런 큰 환란을 만난 뒤에 우리의 생각과 생활과 감정에는
> 이와 같이 너무나 왕정 뛰게 얼룩이 진 것이 사실이다. 그 얼룩을
> 그려보려는 것이다.

한국전쟁을 지나가고 말 한때의 소나기와 같은 것이라 말하며 염상섭은 그 후유증을 '얼룩'에 비유한다. 이 소나기, 즉 취우는 노자 『도덕경』의 한 구절 "사나운 바람은 아침 내내 부는 일이 없고, 소나기는 하루 종일 오는 일이 없다.(故飄風不終朝 驟雨不終日)"가 그 원

전이다. 이 통찰로써 염상섭은 미증유의 전쟁 역시 생의 한 순간에 지나지 않음을 말하고자 한 것이다. 죽음이 문밖에 기다리고 있는 전시에도 돈과 사랑을 향한 일상적인 욕망은 평시와 다를 바 없다는 냉정한 현실인식이 이렇듯 『취우』를 관통하고 있다.

비단에
싸이는 듯
행복한
글을 쓰다

"무쇨에 객보르 앙이 함둥? 쇠쟁(所長)이 뇌했습데. 아무렇
거나 내 좋을 대루 말하겠으꼬마. 쉬얼히 뇌히겠습지. 과히 글
탄으 마십겅이."

이태준의 대표작 「오몽녀」에 나오는 위 표현을 표준어로 고쳐
보면 이렇다. "무슨 일로 객보(客報)를 아니하오? 소장이 노했습데
다. 어쨌든 내 좋을대로 말하겠습니다. 쉽게 놓일 것입니다. 과히
걱정을 하지 마십시오." 이 작품과 「바다」에는 상허 이태준이 어렸
을 때 잠시 살았던 함경도와 평안도 지방의 방언이 부지기수로 구
사되어 있다. 소설의 지문(地文)에는 표준어를 써야 한다고 이태준
이 강조했던 사실을 두고 볼 때 두 작품은 예외적인 경우에 해당한
다. 실제로 이태준은 방언은 물론이거니와 속담의 사용 역시 극도
로 자제했던 작가였다. 그는 대신 일본어를 비롯한 외래어, 그리고
한자어 표현에는 거침이 없었다. 언어에 대한 이 같은 자의식은 그
가 '미문주의자' 혹은 '기교주의자'로 비판 아닌 비판을 받는 빌미가
되었다.

1934년 『개벽』11월호에 실린 이태준의 첫 작품집 『달밤』의
출판기념회 광고는 그의 작품을 '문장에 특히 관심한 것, 간명직절
주의로 예술의 본연성을 존중한 것, 작품 중 인물이 유모어가 많은
것, 어떤 인물은 반대로 순정인 것'으로 분류하면서 '독특한 필치에
얹히어 일찍이 다른 작가에게서 도저히 찾아볼 수 없는 역작'으로

선전하고 있다. 다소의 과장을 감안 터라도 이태준이 이미 당대 최고 작가였다는 사실에 이의를 제기할 이가 많지 않다는 사실을 광고는 이렇듯 웅변한다. 심지어 이태준의 작품에 비판적이었던 안회남마저 "기교와 문장이 몹시 세련되어 그 작품이 상당히 높은 수준에 처하여 있다."고 말할 정도로 당시 이태준은 조선문단을 대표하는 산문가였다.

'스타일리스트', '이상주의자'라는 대명사를 달고 다녔던 이태준의 언어에 대한 병적인 집착은 그가 그만큼 작가로서의 자의식이 강했다는 사실을 방증한다. 가난한 작가인 주인공 '그'가 친구네 별장에서 우연히 만난 폐병 걸린 여인에게 연민과 사랑을 느껴 희망을 주고자 죽음을 상징하는 까마귀를 잡아 죽이나 결국 그녀를 실은 금빛 영구차를 발견하게 된다는 내용의 단편 「까마귀」에는 글 쓰는 이라면 절절히 공감할 다음과 같은 지문이 등장한다.

'어디선가 루날[1] 은 예술가는 빵 한 근보다 꽃 한송이를 꺾는다고, 그러나 배가 고프면? 하고 제가 묻고는 그러면 그는 괴로워하고 훔치고 혹은 사람을 죽일지도 모른다. 그렇더라도 글쓰기를 버리지는 않을 게라고 했다. 난 배가 고파할 줄 아는 그 얄미운 습관부터 아예 망각시켜보리라. 잉크는 새것이 한 병 새벽 우물처럼 충충히 담겨 있것다 원고지도 두툼한 게 여남은 축 쌓여 있것다!'

그는 우선 그 문 앞으로 살랑살랑 지나다니면서 "쌀값은 오르기만 허구…… 석탄두 들여야겠는데……" 입버릇처럼 하던 주인마누라의 목소리를 십 리나 떨어져서 은은한 풍경 소리와 짙은 어둠에 흠박 싸인, 이 산장 호젓한 방에서 옛 애인을 만난 듯한 다정스러운 남폿불을 돋우고 글만을 생각하는 데 취할 수 있는 것이 갑자기 몸이 비단에 싸이는 듯, 살이 찔 듯한 행복이었다.

"문자가 회화로 전화하지 않는 한, 발음할 수 있는 문자인 한, 문장은 언어의 기록임을 벗어나지 못할 것이다."라고 말했던 이태준은 「까마귀」에서 "늘 괴벽한 문체(文體)를 고집하여 독자를 널리 갖지 못하는 그"로 자신을 소개하고 있다. 그런 이태준이 그려내는 소설 속 인물은 유머와 순정의 두 얼굴을 함께 지닌 이들이었고, 그들은 이상세계를 향해 외로이 걸어가는 존재들이었다. 동경 유학을 마치고 귀국하여 자신의 꿈을 실현코자 하나 냉혹한 현실에 부딪히게 되는 「고향」의 지식인이랄지, 일본 유학 후 P촌에 정착하여 선생으로서 이상을 실현하고자 하는 「실락원 이야기」의 주인공, 그리고 이제는 다른 남자의 아내가 된 옛 연인의 갑작스러운 방문을 받게 된 「은희 부처」의 '나'가 모두 그러한 인물이다. 이렇듯 참으로 다양한 인간군상이 이태준의 소설에는 등장한다. 흡사 당대 인물사전라 해도 손색이 없다. 그 중 이태준의 시선이 줄곧 응시하는 지점은 사회의 변두리로 내몰린 패배자들이다. 고향을 떠나 경성에 온 주인공이 아내와 아이를 잃고 도시 빈민으로 전락하는 「꽃나무는 심어놓고」가 그러하고, 순박하지만 물색없는 행동으로 경쟁에서 밀려나는 인물 '황수건'에 관한 이야기 「달밤」이 또한 그러하다. 그러나 이들 작품과는 사뭇 다르게 「오몽녀」에서는 인간의 추악한 욕망을 적나라하게 드러내는 인물들이 등장한다.

마흔이 넘은 소경 '지참봉'은 열아홉 '오몽녀'를 35원에 사다가 처를 삼는다. 지 참봉은 어린 오몽녀를 지극히 사랑했지만, 그녀는 총각 '금돌'과 정을 통한다. 그러던 어느 날 오몽녀에게 흑심을 품어온 '남순사'는 객주집 손님을 주재소에 통보하는 것을 위반했다는 약점을 잡아 오몽녀를 겁탈한다. 이후 남순사와 오몽녀는 정을 통하다 지참봉에게 발각되나 남순사의 협박과 돈으로 둘의 불륜관계는 무마된다. 이 일련의 사건을 뒤늦게 눈치 챈 금돌은 오몽녀를 무인도로 데려간다. 오몽녀가 종적을 감추자 남순사는 자신을 다그치는 지참봉을 자살로 위장하여 죽이고서 그의 재산을 빼앗는다. 집에 돌아와 이 모든 사실을 알게 된 오몽녀는 자신의 첩이 되어달라는 남순사를 피해 금돌과 함께 해참위로 달아난다.

이렇듯 이태준은 욕망의 비정한 이면을 소설 창작을 통해 직시한 현실주의 작가의 면모를 보여주기도 했다. 그러나 그를 이상주의자로 낙인찍었던 당시 독자들은 그가 현실에 붙들린 이상주의자였다는 사실을 알아채지 못했다. 이태준의 이상은 글쓰기의 세계에서 찾아질 일이었다. 신문배달원이 소망인 「달밤」의 황수건이 보조배달원의 자리에서조차 밀려난 뒤 담배를 물고 노래를 부르며 유유히 걸어가는 달밤, 그 유정한 세계가 곧 이태준이 꿈꾼 이상이었던 것이다. 그 세계는 공들인 언어와 문장으로 빚어져야 할 것인 바, 이태준이 그토록 일물일어(一物一語)를 궁구하고 문장을 갈고 닦았던 이유다. 그 고투의 흔적들은 비단 소설이 아니어도 그의 글 곳곳에서 목격된다. 물증이 필요하시다면 아래 인용한 수필 「파초」의 한 대목을 음미해보시라.

파초는 언제 보아도 좋은 화초다. 폭염 아래서도 그의 푸르고 싱그러운 그늘은, 눈을 씻어줌이 물보다 더 서늘한 것이며 비 오는 날 다른 화초들은 입을 다문 듯 우울할 때 파초만은 은은히 빗방울을 퉁기어 주렴(珠簾) 안에 누웠으되 듣는 이의 마음에까지 비를 뿌리고도 남는다. 가슴에 비가 뿌리되 옷은 젖지 않는 그 서늘함, 파초를 가꾸는 이 비를 기다림이 여기 있을 것이다.

이태준은 1935년 『사해공론』 6월호에 발표한 「소설과 문장」이라는 글을 통해 문장의 길을 밝힌바 있다. 그 내용을 여기에 간략히 정리해 보인다.

소설의 문장에는 회화문(會話文)과 지문(地文)의 두 부분이 있거니와 이를 확실히 구별해야 한다.

지문은

첫째, 감상적(鑑賞的)이어야 한다. 감각적(感覺的)이라야 맛이 있다. 맛을 너무 보지 말아야 한다.

둘째, 형용사에 진실성을 중요시해야 한다.

셋째, 한 말에게 전권(專權)을 주어야 한다. 한 말을 쓴 다음에는 그 말에 비슷한 말은 쓰지 말아야 한다.

넷째, 말이 정확해야 한다. 그러나 이 정확은 과학적 정확과는 구별되어야 한다.

다섯째, 말에 부작용이 있으면 작용을 방해한다.

여섯째, 소주관(小主觀)을 피해야 한다. 자기의 주관을 바로 써서 독자에게 강제할 게 아니라 독자가 자연히 감정에서 그 주관을 얻게 해야 한다.

일곱째, 표준어를 써야 한다. 회화는 음성 본위여야 한다. 문법은 생각지 말아야 한다.

■ 주

1 쥘 르나르(Jules Renard, 1964~1910). 프랑스의 소설가이자 극작가.

▶ 『문장강화(文章講話)』
(문장사, 1940)

이태준이 편집주간으로 일한 『문장(文章)』은 시, 소설과 같은 창작물은 물론 고전 문학의 주해(註解)와 연구논문, 희귀자료 등을 적극 발굴하여 게재한 식민시기 대표적인 종합문예지였다. 『문장』 창간호를 시작으로 총 9회 연재된 후 1940년 단행본으로 출간된 이태준의 『문장강화』는 한국문학사의 대표적인 문장론집이다.

해방 이후 이 책은 〈박문서관〉(1946)에서 간행되는데, 한국전쟁 직전까지 6만 부 이상이 판매됨으로써 문학이론서로서는 예외적으로 베스트셀러의 반열에 올랐다. 이 책에는 문장 작법의 기초, 각종 문장의 작성 요령, 퇴고의 이론과 실제, 문체 등에 대한 설명이 풍부한 예시와 함께 제시되어 있다. 우리 시대에도 여전히 여러 작가와 연구자들이 자신의 문장을 갈고 닦는 데 교과서로 삼을 만큼 그 영향력이 지대한 문장론의 고전이다.

▶ 『달밤』
(한성도서주식회사, 1934)

이태준의 첫 단편집 『달밤』에는 그의 초기 대표작 「불우선생」, 「서글픈 이야기」, 「산월이」, 「달밤」 등 19편의 단편소설과 희곡 〈어머니〉가 수록되어 있다. 서정적인 배경 묘사와 탁월한 인물 묘사가 돋보이는 이 단편소설집은 당대 최고의 문장가 이태준의 글쓰기 역량이 집약되어 있다.

▶ 『황진이 1회』
≪조선중앙일보≫, 1936. 6. 2.

이태준의 첫 역사소설 『황진이』는 1936년 6월 2일부터 9월 4일까지 총 77회에 걸쳐 ≪조선중앙일보≫에 연재되다 신문의 휴간과 함께 중단되었다. 두 해 뒤 이 작품은 결말이 추가되어 〈동광당서점〉에서 단행본으로 출간된다. '황진이'를 주인공 삼은 최초의 장편 역사소설이기도 한 이 작품에는 그녀의 출생에서부터 소세양과의 사랑, 벽계수를 유혹하여 훼절시키고 지족선사를 파계시킨 사건, 그리고 스승 서경덕과의 인연 등 익히 우리가 알고 있는 여러 일화가 다수 등장한다. 흥미롭게도 그 내용의 상당 부분은 작자 이태준이 상상으로 그려낸 허구다. 오늘날의 독자들이 기억하는 실존인물 황진이의 상세한 행적이 실은 이태준이 지어낸 이야기인 셈이다. 황진이와 서화담의 만남을 그린 다음과 같은 장면이 그 좋은 예다.

> 그러니까 손은 앞에 놓인 물대접을 다거놓더니, 종이 쪽에 고기어
> (漁)자를 써서 당그는것이다. 그리자 물만 담겼던 대접 안에는 웬
> 손뼉같은 붕어 한마리가 꼬리를 철석거려 물을 엎지르는 것이다.
> 명월은 입을 딱 버리었다.
> 그러나 화담은 빙그레 구지 웃을 뿐이더니 아우가 들었던 붓을 받
> 아 자기는 용 룡(龍)자를 써서 흘러가는 냇물에 던지는 것이다. 그
> 러니까 갑재기 해빛이 어두어지며 동천에 운무가 자옥히 끼더니
> 우뢰소리가 일어나고 청룡황룡이 뒤트는것이다.
> 화담은 태연할뿐, 그의 아우와 명월은 모골이 초연해 엎디였다.
> 그러나 화담이 한번 손을 들어 저으매 어느틈에 용도 사라지고 운
> 무도 사라진다. (이태준, 『黃眞伊』, 東光堂書店, 1946, 218 ~ 219쪽.)

앞에 인용된 장면이 보여주듯 전기적(傳奇的)인 존재로 서화담이 재현되는 순간 역사적 실존인물로서 그의 체취는 이내 사라지고 만다. 사실과 허구의 경계가 원천적으로 지워지고 마는 이 같은 묘사가 인물을 과도하게 미화한 데서 비롯된 결과라는 사실은 주목을 요한다. 야사적 일화에 의존할 수밖에 없었던 사료상의 제약을 탓하기 이전에 작가의 낭만적인 세계인식과 서술 태도를 먼저 의심해보지 않을 수 없기 때문이다. 심미적으로 실존인물을 그려내게 될 때 그를 둘러싼 역사가 초월적 세계로 비약될 수 있다는 사실을 이렇듯 역사소설 『황진이』는 증거하고 있다.

▶ 수연산방에서 촬영한 이태준의 가족사진

수연산방(壽硯山房)은 상허(尙虛) 이태준이 살았던 한옥이다. 솟을대문이 인상적인 성북동의 이 돌담 집에서 그는 「달밤」과 같은 수작을 남겼다. 이후 그의 첫 번째 역사소설『황진이』를 비롯해 성북동 주변을 배경으로 한 많은 작품들이 이 집에서 탄생했다. 또한 이상, 정지용, 김기림 등 구인회의 사랑방이기도 하였다. 이태준은 이곳에서 1933년부터 해방 직후까지 살다 월북했다.

현재 서울시 민속자료 11호로서 '성북동이태현가'라 공식 명명된 이 집의 주소명은 '이태준길'이다. 이태준과 그의 가족들이 행복

▶ 수연 산방을 지나 마당에서 가옥을 바라본 모습

한 한때를 보냈던 수연산방은 현재 고택을 그대로 보존하여 전통 찻
집으로 운영하고 있다. 상허가 살다간 흔적은 그렇게 남았다.

소설가
박태원 씨의
일생

봉준호 감독의 영화 〈괴물〉(2006)은 괴물에게 납치당한 '강두'의 딸 '현서'를 구하기 위해 온 가족이 사투를 벌인다는 내용을 담고 있다. 감독은 말한다. "괴물은 이 영화의 출발점에 불과하다. 이 영화의 진정한 주인공은 괴물과 맞서 싸운 강두네 가족들이다. 누구의 도움도 받지 못한 채, 처절하고 외로운 사투를 벌여야만 했던 우리의 가족들…. 그들만 생각하면 지금도 가슴이 아파온다." 개인적으로 이 영화를 보는 내내 1930년대 조선의 모더니스트 박태원의 환영을 지울 수 없었다. 그가 감독 봉준호의 외조부라는 사실을 의식한 탓일 게다. 박태원의 1934년 작 중편 『소설가 구보 씨의 일일』 속 어머니는 실업자나 다름없는 소설가 아들 '구보'를 걱정한다. 철없는 아들 〈괴물〉의 강두를 바라보는 아버지(변희봉 분)의 주름 깊은 눈길처럼 말이다.

우선 낮에 한번 집을 나서면 아들은 밤늦게나 되어 돌아왔다. 늙고 쇠약한 어머니는 자리도 깔지 않고, 맨바닥에 팔을 괴고 누워 아들을 기다리다 곧잘 잠이 든다. 불편한 잠은 두 시간씩 세 시간씩 계속될 수 없다. 자정, 그리 늦지는 않았다. 이제 아들은 돌아올게다. 어머니는 소리 안 나게 아들의 방 앞에까지 걸어가 가만히 안을 엿듣는다. 나이 찬 아들의 기름과 분 냄새 없는 방이 늙은 어머니에게는 애달프다. 스물여섯 해를 길렀어도 종시 마음이 놓이지 않는 것은 자식이었다.

늘 출근하듯 나서는 구보의 외출에 특별한 목적이 있을 리 없다. 구보는 단편 「피로」(1933)에서 버스를 타고 노량진으로 향한다. 후일 영화 〈괴물〉의 강두네 한강 매점이 자리 할 삭막한 겨울 풍경에 그는 우울해진다. 한강 다리를 놓아두고 다리 밑 얼음 위로 강을 건너는 사람들과 버스 안의 사람들을 보는 순간 이내 암담한 현실과 인생의 피곤함이 밀려온다. 그것은 일명 갑빠머리[1]와 대모테[2] 안경으로 치장한 모던보이 박태원의 내면 풍경이었다.

일명 고현학(考現學)으로 불리는 박태원의 글쓰기는 현실을 관찰하는 데서 그치지 않고 그 뒤에 숨은 일상의 진실을 드러내는 작업이었다. 단순히 경성 시내를 활보하던 '산책자(flâneur)'로서의 기록에서 나아가 어느 연구자의 표현처럼 탐정의 눈으로 도시라는 공간 구석구석에 숨겨진 삶의 편린을 포착해냈던 것이다. 『소설가 구보 씨의 일일』에 등장하는, 가슴 절절한 관찰기의 한 대목은 이렇다.

사십여 세의 노동자. 전경부의 광범한 팽륭. 돌출한 안구. 또 손의 경미한 진동. 분명한 『빠세도우』씨병. 그것은 누구에게든 결코 깨끗한 느낌을 주지는 못한다. 그의 좌우에는 좌석이 비여 잇서도 사람들은 그곳에 안즈러 들지 안는다. 뿐만 아니라 그에게서 두 간통 떨어진 곳에 잇든 아이 업은 젊은 안악네가 그의 빼스킷 속에서 끄내다 잘못하야 세멘트 바닥에 떨어트린 한 개의 복숭아가, 굴러 병자의 발아페까지 왓슬 때, 녀인은 그

것을 쪼처와 집기를 단념하기조차 하엿다.

구보는 이 조고만 사건에 문득 흥미를 느끼고 그리고 그의
『대학노-트』를 펴들엇다. 그러나 그가 문어폐 기대여 섯는 캡
쓰고 린네르 즈메에리 양복 입은 사나이의, 그 왼갖 사람에게
의혹을 갓는 두 눈을 발견하엿을때, 구보는 또다시 우울속에 그
곳을 떠나지 안흐면 안 된다.[3]

서정 시인마저 황금광을 찾아 나서던 시대, 구보는 창작을 위
하여 벗의 광산에 가 사람들의 사행심, 황금의 매력, 그러한 것들은
보고, 느끼고, 하고 싶었다. 하지만 그는 지금 최독견의『승방비곡
(僧房悲曲)』과 윤백남의『대도전(大盜傳)』이 걸작이라며 동의를 구
하는 어느 화재보험회사 권유원과 다방 한 구석에 동석해 있다. 조
선 작가의 생활 정도를 묻는 그의 질문에 이제까지 고료를 받아 본
적이 없다는 말로 답한 구보는 결국 노트와 단장을 집어 들고 자신
을 기다리고 계실 어머니의 집으로 돌아가 하루를 마감한다.

박태원의 소설이 가장 급진적인 형식 실험으로 한국어 모
더니즘의 최대치를 보여주었다는 세간의 평가는 결코 과장만
은 아니다. 일상의 반복되는 산책은 구보 박태원이 모더놀로지
(modernology, 考現學)[4]를 몸으로 실천하는 방식이었다. 그는 당대 풍
경의 겉과 속을 그렇듯 가로지르며 걷고 끝임 없이 관찰했다. 그
여정은 대학노트에 빼곡히 기록되었고, 소설이라는 이름으로 세상

에 발표되었다. 산책과 글쓰기의 이 거듭되는 일상이야말로 흡사 뫼비우스의 띠 위를 맴도는 일이나 다름없었으니, 그것은 출구 없는 미로에 갇힌 식민지 모더니스트의 비애였으리라.

이즈음 박태원은 『삼국지』, 『수호지』, 『서유기』 등의 번역에 매달린다. 혹자의 말처럼 한국적 댄디즘(dandyism)의 실체를 증명해 보인 「수염」(1930), 당시 가장 전위적인 작가 제임스 조이스(James Joyce)와 어깨를 나란히 할 만한 작품 『소설가 구보씨의 일일』을 내놓은 그가 돌연 대중통속물의 창작도 아닌 중국역사물의 번역에 몰두한 이유는 무엇이었을까? 『소설가 구보 씨의 일일』에서 동시대 조선의 리얼리스트 최서해를 동정하는가 하면, 대중소설가라 최독견을 경멸하였던 그가 아니었던가. 그 속사정은 간단했다. '생활고'! 소설가이기 이전에 생활인으로서 책임져야 할 생계로부터 댄디스트(dandidt)라고 자유로울 리 없었던 것이다. 순수문학을 지향하며 이태준, 김기림 등과 〈구인회〉 창립 멤버로 참여했던 일은 생활 너머로 잠시 접어두어야 할 이상이었을 터, 어쨌든 박태원은 역사물의 연재 번역가로 성공적인 변신을 꾀한다. 당시는 역사소설이 대중독물로서 인기가 높았다. 총독부 기관지 《매일신보》는 물론 민간신문들 역시 앞 다투어 역사소설을 연재했다. 《매일신보》만이 유일한 한글신문으로 남게 되었을 때조차, 거개 연재소설란은 역사소설의 몫이었다. 해방 하루 전 《매일신보》의 마지막 연재작이 박태원의 역사소설 『원구(元寇)』(1945)였던 사실은 우연치고는 얄궂기 그지없다.

도둑처럼 찾아왔다는 해방! 박태원은 마침내 좌파 문인이 된다. 그의 이념적 전향(?)과 월북은 여전히 풀리지 않는 문학계의 미스터리다. 그 한 실마리가 봉준호 감독의 영화 〈괴물〉에서 발견된다는 것이 필자의 억측이다. 영화 초반 미군이 무단 방류한 독극물로부터 괴물이 출현한다. 미군은 그 사실을 은폐하기 위해 강두를 격리 조치하고, 그는 필사의 탈출을 시도한다. 혼돈의 해방기에 박태원은 〈조선문학가동맹〉 집행위원의 자리에 있었다. 그 이념의 격전이 한국전쟁으로 전화되었을 때, 박태원은 정지용, 이태준 등과 월북한다. 강두가 딸을 구하기 위해 미군을 상대로 사투를 벌였듯 박태원은 '항미조국해방전쟁'의 승리를 위해(?) 월경을 감행했던 것이다. 그러나 박태원의 지극히 개인적인 그 선택은 순간적인 오판이 아니었을까?

박태원의 고현학적 모더니즘은 서구문명에 대한 감각적 자의식의 산물이었다. 그의 소설 도처에서 만나는, 일본을 경유하는 과정에서 윤색된 외국어들에 그 흔적이 고스란히 남아 있기에 몇몇을 여기 소개해본다.

    * 벰베르구~치마: 독일 '벰베르크Bemberg' 회사의 원단을 써

        서 만든 보일voile, 즉 무명이나 비단 치마

    * 빠세도우씨병: 갑상선 기능항진증

* 린네르 쓰메에리: 흰색 여름 옷감으로 만든 목깃이 세워진 양복

* 파나마: 파나마 풀로 만든 남미 사람들이 많이 쓰는 모자

* 가루삐스: '칼피스'의 일본식 발음

* 소오다스이: 소다수. '스이'는 '수(水)'의 일본어

* 네일클리퍼: nail clipper 손톱깎이

* 곱뽀: '컵'의 일본어식 발음 '고푸(コップ)'에서 온 말

* 우이쓰 티: 위스키whisky에 홍차를 섞은 음료

* 가후에: 카페

* 위케트: '위킷wicket', 즉 쪽문의 일어식 발음

* 뿌오로커: 브로커broker 중개인

* 공그리: 콘크리트의 일본어식 표현[5]

■ 주

1 하동(河童)들의 머리처럼 일자로 고른 헤어스타일로 당시 일본에서 유행했다. '갑
   빠'는 일본 민속에 나오는 요상한 동물이다.
2 당시 일본에서 유행한 안경테로 거북의 일종인 대모(玳瑁)의 견고한 등판으로 만
   들었다.
3 박태원, 『小說家 仇甫氏의 一日』, ≪조선중앙일보≫, 1934. 8. 18.
4 고고학(考古學)에서 만들어진 말로 현대의 경향, 풍속, 세태, 유행을 탐구하는 학
   문이나 그 태도를 말한다.
5 다음 책의 주를 참고함.
   박태원, 『소설가 구보 씨의 일일』, 천정환 편, 문학과지성사, 2005.

▶ 영화 〈괴물〉(봉준호 감독, 2006)

　봉준호가 감독한 영화 〈괴물〉은 어느 날 한강에 출현한 괴물을 상대로 강두네 가족이 펼치는 사투를 그린 작품이다. 봉준호 감독은 이 작품에서 외조부 박태원의 행적을 은유한 듯한 가족이야기를 담아냈다.

▶ '구인회' 회원으로 활동하던 시절의 박태원

사진 속 일자로 고른 박태원의 헤어스타일은 당시 일본에서 유행하던 일명 '갑빠머리'다. 그가 쓴 안경테 역시 당시 일본에서 유행한 대모테로 거북의 일종인 대모(玳瑁)의 견고한 등판으로 만들어진 것이었다. 이 한 장의 사진만으로도 댄디즘(dandyism, 정신적 귀족주의)의 아이콘이었던 모던보이 박태원의 면모를 단적으로 확인할 수 있다.

▶ 「소설가 구보 씨의 일일 1회」 《조선중앙일보》, 1934. 8. 1.

박태원은 그의 대표작『소설가 구보 씨의 일일』을 통해 고독한 지식인의 일상을 생생히 기록했다. 이 작품의 주인공 구보는 서구 문물에 대한 동경 속에서 경성 거리를 거니는 근대의 산책자다. 그 의 시선이 머무는 박래품들 뒤에는 전근대적인 생활습속에서 여전히 벗어나지 못한 식민지 조선의 어두운 그림자가 자리하고 있다.

▶ 제357회 KBS 숨터 VR 서울미래유산 100년 후 보물찾기
-시간여행 소설가 구보 씨의 일일

위 사진은 『소설가 구보 씨의 일일』의 주인공 구보가 산책한, 정확히 말해 작자 박태원이 늘 거닐었을 1930년대 경성의 도심 지도다.

박태원의 단편 「피로」의 주인공 '나'는 신문사 편집국장과의 만남이 어그러지자 딱히 갈 곳이 없어 버스에 몸을 싣는다. 그는 언젠가 연병장 정거장 근처의 작은 음식점에서 한 접시에 15원짜리 카레라이스를 판다는 광고판을 본 적이 있어 내리려 하나 밀려드는 승객 탓에 하차하지 못하고 한강철교를 건넌다. 한강 인도교로를 다니는 고무신과 짚신이, 가방 멘 보통학교 생도나 조바위 쓴 아낙네, 감투 쓴 노인 등을 보며 나는 마지막으로 걸어갈 자신의 길을 거기서 확실하게 읽는다. 이제는 낡아버린 그와 같은 풍경이 자신에게 어울리지 않는다는 사실을 깨달은 것이다. 그리하여 나는 다시 다방 '낙랑' 안의 구석진 테이블로 되돌아 와 하루의 끝을 맞는다. 특별한 사건의 서사가 없는 박태원의 자전적 소설 「피로」는 이렇듯 근대 도시 경성에 거주하는 이방인으로서 불안한 일상을 반복할 수밖에 없었던 식민지 지식인의 초상이 담겨 있다.

▶ 『元寇 (76)』, 《매일신보》, 1945. 8. 14.

첨단의 모던니스트 박태원은 여느 식민시기 작가들이 그러했듯이 생활고에 시달렸다. 그런 그가 생계의 방편으로 삼은 일이 중국 고전 역사물의 번역이었다. 이는 박태원이 후일 역사소설 창작에 들어서게 된 계기이자, 해방 후 월북하여 『계명산천 밝아오느냐』, 『갑오농민전쟁』 등 북한문학사의 한 페이지를 장식할 역사소설 창작의 역량을 싹틔운 무대이기도 했다.

박태원은 총독부기관지 ≪매일신보≫의 마지막 연재소설의 작가이기도 했다. 그가 이때 연재한 작품은 공교롭게도 역사소설이었다. 일본 역사를 바탕으로 씌어진『원구(元寇)』가 그것이다. 원구, 곧 '원나라 오랑캐'라는 제목이 말해주듯 이 작품은 원의 일본 침략사가 그 배경이다. 일본의 시각에서 원나라와의 과거사를 재현하려 한 작품이었던 것이다. 『원구』는 1945년 5월 15일자 첫 연재를 시작으로 해방 하루 전인 8월 14일까지 연재되었다. 미완작으로 남은 것이다. 사진은 그 마지막 연재분인 76회다. 이 작품이 조선의 역사가 아닌 일본의 역사를 소재 삼고 있다는 점은 의미심장하다.

가마쿠라 막부 시절 원나라가 일본 본토 정복을 위해 감행한 해상 공략은 예상치 못한 태풍 때문에 좌절되었다. 일본인들은 이를 두고 신이 도와준 바람이라는 뜻에서 '신풍(神風)'으로 칭한다. 대동아전쟁 수행과정에서 1944년 창설된 '카미카제 특공대'가 이로부터 영감 받은 명칭이라는 것은 널리 알려진 사실이다. ≪매일신보≫가 총독부 기관지였다는 사실과 그 연재소설란이 오직 하나 남은 한글 지면이었다는 사실을 군이 고려하지 않더라도, 『원구』가 원나라의 일본 원정 실패와 대동아전쟁의 승리를 연계시키려 한 창작이었음을 쉽게 알아차릴 수 있다. 그와 같은 행적을 뒤로 하고 박태원은 해방기에 의문의 월북을 감행했다. 그 과정에서 행인지 불행인지 그

의 딸이 남한에 남겨져 한국을 대표하는 이야기꾼 영화감독 봉준호
가 태어날 수 있었던 것이다. 그 이기적 유전자의 생존은 역사의 섭
리였을까? 농단이었을까?

일곱째 매듭 _ 김동리

역사의 무대에서
찾은
생의 구경究竟

'세마루', '새달', '새뚝', '돌장이', '우섬', '까막날이', '쇠손', '자랏뫼', '터럭보'. 이 낯선 낱말들은 모두 김동리의 역사소설에 등장하는 인물들의 이름이다. 한자어로는 '세종랑(世宗郞)', '신월(新月)', '석탈해(昔脫解)', '석공(石工)', '소도(笑島)', '오비(烏飛)', '철수(鐵手)', '금오산(金鰲山)', '삼맥종(彡麥宗, 진흥왕)'쯤이 될 것이다. 김동리는 비단 사람 이름만이 아니라 '구름개(雲浦)', '아들개(阿珍浦)', '해맞이개(日浦)', '새숲(始林)', '달언덕(月丘-月城)'과 같은 지명 역시도 애써 우리말로 풀어 썼다. 그가 이처럼 부러 한글 인명과 지명을 자신의 창작에서 고집했던 이유는 무엇이었을까? 그 의문을 풀어줄 실마리를 그의 단편 역사소설 「원화(源花)」의 한 대목에서 찾을 수 있다.

〈원화〉가 무엇이냐 하면 우선 글자 그대로 〈꽃의 근원〉이라고 해야 하겠지요. 그러나 이 〈꽃〉은 나뭇가지에 피는 꽃이 아니고 사람에게서 피는 꽃을 두고 이르는 말입니다. 나중 가서는 이 〈꽃〉을 화랑(花郞)이란 이름으로 부르게 되었지만 아직 〈원화〉라고 부를 때에는 〈화랑〉과 같은 남자아이가 아니고 어여쁜 여자아이를 두고 일렀지요.[1]

위의 인용 글을 보건대, 김동리는 화랑의 기원을 소급하여 밝히는 과정에서 먼저 그 뜻을 우리말로 옮긴다. 이는 한자어에 가려있던 우리말의 본 뜻을 찾는 동시에 그 뿌리를 밝히는 일이었거니와, 그 같은 노력을 통해 곧 역사의 진실에 한걸음 더 다가갈 수 있다고 김동리는 확신했다. 김동리의 설명에 따르면, 예컨대 향찰(鄕札)과 이두(吏讀)에서는 '尸'를 '라'행으로 읽는다. 따라서 '未尸郎'의 경우 '미리랑'으로 읽게 된다. 그가 이처럼 주석까지 첨부해가며 의식적으로 신라의 표기 방식을 따르고자 것은 앞서 언급하였듯이 우리말 고유명사의 복원에 그가 기울였던 지극한 관심과 결코 무관하지 않다. 김동리 역사소설의 특색이라 할 순우리말에 대한 이 같은 천착은 그가 소설 창작을 통해 시연한 역사 고증의 한 방법이기도 했다.

　　김동리의 본명은 김시종이다. 아호이자 필명인 '동리'는 그의 맏형 김범부가 지어 준 것으로 김동리는 그 뜻을 '해가 돋는 곳, 동쪽 마을에 살기로 한다. 그저 햇빛이 좋다'라고 풀이한 바 있다. 어린 시절 김동리는 모친의 기독교 입교와 부친의 술주정에서 비롯된 잦은 분란과 무관심으로 점철된 가정환경 속에서 자랐다. 기독교와 샤머니즘의 대결로 압축되는 김동리의 대표작 「무녀도」의 서사적 갈등은 바로 이러한 가정사가 투영이었다. 「무녀도」에서 주인공 '모화'의 정신세계는 곧 부친을 상징하며, '전도부인'과 '부흥목사'는 기독교에 호의적인 태도를 가졌던 모친의 정신세계를 상징한다. 모친의 영향으로 기독교와 인연을 맺으며 보낸 김동리의 유년과 학창시절은 뒷날 「마리아의 회태」, 「부활」, 「목공 요셉」과 같은 창작의 바탕이 된다. 고대 유대를 배경으로 한 김동리의 이 역사소설 창작은 민족사의 경계를 일절 벗어나지 못했던, 과거 조선의 역사 일색이었던 우리 역사소설사에서 대단히 예외적인 시도였다. 특히 이들 작품의 창작 수련을 거쳐 도달한 장편『사반의 십자가』는 한국소설문학사에서 전무후무한 작품으로 평가되거니와, 소재와 배경 그리고 주제의식 등에서 독창적인 면모를 지니고 있다.

김동리에게 고향 경주는 창작의 알파이자 오메가였다. 그가 고향 사람들을 만난 자리에서 "수도산과 반월성이 내 교실이다." 라고 늘 말했던 사실은 그의 창작 여정에서 경주가 차지하는 의미가 얼마나 컸던가를 단적으로 보여준다. 실제로 경주 곳곳을 둘러보는 것만으로도 김동리 창작의 지도를 능히 그려내고도 남는다. 일례로 성건동에서 형산강 변을 따라가다 보면『화랑세기』에 신라 화랑들의 수련장으로 기록된 '금장대'에 이르는데, 그 아래「무녀도」의 모화가 마지막 굿을 마치고 생을 마감한 '예기소' 혹은 '애기청소'라 불리는 소(沼)가 자리하고 있다. 경주의 서천, 북천, 그리고 남천이 합류하면서 생겨난 예기소는 강물 위로 죽은 사람들의 시체가 떠오르곤 하던 깊고 푸른 늪이다. 예기소에는 신라시대 귀족의 딸인 '예기'라는 처녀가 결혼을 앞두고 단옷날 친구들과 금장대에서 소나무에 매어둔 그네를 타다가 떨어져 강물에 빠져 죽었다는 설화가 전해온다. 그 후 매년 익사사고가 일어났기에 그 넋을 달래기 위한 굿이 행해졌고, 어린 김동리는 이를 자주 접했다.「무녀도」에서 무녀 모화가 기독교인 '욱이'를 칼로 찔러 죽인 후 굿을 하다 넋대를 잡고 걸어 들어가는 장면은 바로 그 같은 기억을 재현한 것이었다. 이뿐이 아니다. 경주 서남산 입구의 산길을 배경 삼은 「황토기」가 그러하고, '현곡'이 배경인 「까치소리」가 또한 그러하다. 어느 필자의 표현처럼 고도 경주 전체가 김동리의 작품 속에 조각보처럼 펼쳐져 있는 셈이다.

　　김동리의 경주에 대한 애착은 마침내 그 공간의 과거, 곧 신라 천년의 세월로 거슬러 올라가는 모성회귀본능으로 화한다. 김동리는 1977년 총 16편의 단편 역사소설을 모아 『김동리 역사소설』을 펴낸 바 있다. 이에 수록되진 않았으나 단편 「검군」을 비롯해 중편 『아리랑기(阿尸良記)』, 장편 『삼국기』와 『대왕암』에 이르는 다수의 역사소설을 또한 창작했다. 필연이었겠으나 공교롭게도 이들 역사소설은 하나 같이 그 무대가 경주의 고도 서라벌과 그 주변으로 모아져 있다. 김동리는 1957년 잡지 『야담』에 발표한 역사소설 「석탈해」를 1965년 「반월성에서」로 개제하여 정부기관지 『지방행정』에 재연재했다. 그 과정에서 부분 개작을 행했다. 이때 서술자가 고향 경주의 반월성에 들러 『삼국사기』에 나오는 표공(瓢公)의 후손을 만나는 장면이 작품의 서두에 덧붙여졌다. 그 서술자, 곧 내포작가가 실제작가 김동리 자신을 모델 삼은 것임은 두말할 필요가 없다. 이 작가가 반월성을 방문하는 장면이 곁이야기로, 그곳에서 우연히 만난 박씨 성의 흰 두루마기

사내로부터 듣게 되는 반월성의 숨은 내력이 속이야기로 제시된다. 이처럼 이 작품에서 김동리는 시간을 월경하여 작가 당대의 경주와 신라 동경을 하나의 풍경으로 담아낸다.

김동리는 평생 '생의 구경(究竟)'이란 화두를 붙들고 창작에 정진했다. 그가 1958년 발표한 중편 역사소설 『아리랑기』에는 그 깨달음을 예감한 듯한 장면이 등장하고 있어 눈길을 끈다. 아리랑국의 셋째 공주 '가리공주(嘉尸公主)'와 승려 신분으로 불교 전파를 명분 삼아 아리랑국에 첩자로 잠입한 신라 화랑 '신발(信勃)'이라는 가상의 인물이 벌이는 사랑과 갈등이 이 작품의 모티프다. 그들의 운명적인 인연은 신라의 침략으로 아리랑국의 멸망이 목전에 닥친 밤 끝을 맞는다. 신발은 가리공주의 도움으로 탈출하여 신라군 진지로 떠나기 전 "아아 가리님, 이런 밤에 우리가 서로 헤인다는 것은 서로 만난다는 거와도 같은 것이요."라는 말로 이별을 고한다. 그러나 이내 자신의 도주를 후회하며 아리랑국 궁으로 다시 돌아온 신발은 아버지에게 죽임을 당한 공주의 시신을 찾으려다 누군가가 쏜 화살에 맞고 그만 말에서 떨어지고 만다. 바로 그 순간 그는 자신이 가리공주에게 남겼던, 헤어짐이 곧 만남이라고 했던 말을 되뇐다. 일찍이 '회즉리(會卽離) 이즉회(離卽會)'라 말했던 자신의 이별사가 결국 스스로의 운명을 구속하고야 만 사실을 죽음에 이르러서야 깨달은 것이다. 신발의 이 비극적 최후에서 김동리가 그토록 오랜 시간 찾아 헤맨 생의 구경적 형식으로서 거역할 수 없는 운명과 조우하게 된다는 사실은 참으로 아이러니가 아닐 수 없다.

■주

1   김동리, 『김동리 역사소설』, 지소림, 1977, 183쪽.

▶ 김동리 단편집『무녀도』
(을유문화사, 1947)

▶『김동리 역사소설』
(지소림, 1977)

1936 잡지『중앙』에 처음 발표된 김동리의 대표작「무녀도」는 1947년 간행된 단편집『무녀도』와 1967년 발간된『김동리 대표작 선집』에 수록되는 과정에서 각각 개작된다. 그리고 1978년 장편『을화』로 전면 개작된다. 원작「무녀도」에서 주인공 '욱이'는 살인범이 아닐 뿐더러 기독교도도 아니다. 이 점만으로도 원작과 개작은 큰 차이를 보인다.

김동리는 적지 않은 수의 역사소설을 창작했다. 고대 신라를 배경으로 한 이른바 '신라연작' 계열의 작품만 하더라도 단편 17편, 중편 1편, 장편 3편에 이른다. 이들 단편 중 첫 번째 작품인「검군」을 제외한 16편의 단편을 모아 발간한 작품이 위 사진의『김동리 역사소설』이다. '역사소설=장편소설'이라는 편견을 깨고 단편 역사소설만으로 작품집을 엮은 것이다.

자식 구성과 같은 김동리 특유의 소설미학이 역사를 무대로 구현되었다는 점에서 이들 단편 역사소설은 문학사적으로 그 의의가 소소하지 않다. 실존인물을 이야기의 화자로 내세우거나 복수의 사료적 전거를 바탕으로 서사를 재구성한 방식, 가상의 텍스트를 제시함으로써 서사의 개연성을 높인 방식 등이 그 세부 기법이었다. 이를 통해 김동리는 '이야기의 과거'가 아닌 '과거의 이야기', 즉 과거를 역사답게 만드는 작업에 역사소설의 위상을 두었다. 그리고 그로써 역사를 전유하려는 현재의 욕망을 구체화했다.

『김동리 역사소설』의 중심인물들은 도달할 수 없는 아름다움과 예술의 향기, 그리고 운명적 사랑이 내포한 비극적 모티프의 주인공들이라는 점에서 공통된다. 이러한 인물들이 펼치는 이야기는 대개 남녀 간의 애정 문제를 축으로 호국충정이나 불교적 정신을 실천하는 주제의식으로 귀결된다.

▶「眞興大王」
(『체신문화』, 1957)

▶「阿尸良記(아리랑기) - 一名阿
尸良國興亡記」(『야담』, 1958. 1)

사진은 1957년 『체신문화』를 통해 김동리가 발표한 「진흥대왕」 연작의 첫 페이지다. '진흥대왕'이라는 제목을 내건 이 연작은 「서장」, 상편 「제일화〔원화〕」, 중편 「제이화〔악사우륵〕」, 하편 「제삼화 미륵랑〔미시랑〕」으로 이루어져 있다. 이 세편의 일화는 각각 『김동리 역사소설』에 수록된 「원화」, 「우륵」, 「미륵랑」의 최초 판본에 해당한다. 일찍이 김동리는 창작집 『실존무』(인간사, 1955)의 「후기」에 부쳐 자신의 역사소설 창작의 구도를 피력한 바 있는데, 신라연작 역시 그 하나의 기획으로 탄생된 것이었다.

김동리가 고대 신라로 대표되는 동양의 역사에 더없는 매력을 느낀 것은, 그것이 서구적 근대에 맞설 과거의 타자이면서 동시에 공간적 타자였기 때문이다. 김동리는 현재적 시공간과 절연함으로써 진입한 초월적 세계에서 동양의 근대적 주체를 발견코자 했다. 이러한 의도에서 행해진 김동리의 역사소설 창작은 근대 초월의 포즈와 근대적 글쓰기 형식 간의 아이러니를 보여준다.

　김동리의 신라연작 가운데 다소 예외적인 작품이 『아리랑기』다. 이 작품이 발표된 1958년은 김동리가 단편 역사소설 창작에 자신의 역량을 집중하던 때다. 그 발표 시기가 1950년대라는 점, 그리고 발표지가 잡지 『야담』이었다는 점에서 여타 신라연작과 그 출처가 유사하나 중편이라는 점에서 차별성을 보인다. 또한 신라연작이 『삼국사기』 열전 편에 등장하는 신라 위인들의 행적을 서사의 골간으로 삼아 '신라혼의 재현'에 창작의 목적을 둔 데 반해, 『아리랑기』는 일국의 흥망성쇠에 관한 상상적 재현이라는 점에서 차이를 보인다. 역사적 사실을 뒤로 밀어내고 대신 고귀한 신분의 인물들이 엮어내는 비극적 사랑을 서사의 전면에 내세움으로써 이 작품은 한국 근대 역사소설의 전형적인 연애담 계보를 잇고 있다.

기차, 아편, 자살의
삼중주

미술학도가 소설을 쓴다면, 그 언어는 어떤 색채일까? 우리 근대소설문학사에서 그 희귀한 실체를 만날 수 있다는 것은 행운이 아닐 수 없다. 모더니스트 최명익의 작품이 바로 그 물증이다. 최명익은 서양미술을 전공한 이력을 지닌 작가다. 그에게 지면은 곧 캔버스였다. 그 화폭 위에서는 이국의 언어와 조선어의 적절한 긴장이 연출해내는 1930~40년대 식민지 조선과 만주 일대의 풍경이 풀려난다.

> 시속 오십 몇 키로라는 특급 차창 밖에는, 다리 쉼을 할만한
> 정거장도 역시 흘러 갈 뿐이었다. 산, 들, 강, 작은 동리, 전선주,
> 꽤 길게 평행한 신작로의 행인과 소와 말. 그렇게 빨리 흘러 가
> 는 푼수로는, 우리가 지나친 공간과 시간 저 편 뒤에 가로 막힌
> 어떤 장벽이 있다면, 그것들은 칸바스 위의 한 텃치, 또한 텃취
> 의『오일』같이 거기 부디쳐서 농후한 한 폭 그림이 될 것이나 아
> 닐까?고 나는 그러한 망상의 그림을 눈 앞에 그리며 흘러 갔다.[1]

최명익 소설의 단골 소재이기도 한 위와 같은 묘사의 기차 여행은 당시 사람들이 낯익은 풍경에서 느꼈을 속도의 생경함을 생생히 증언한다. 기차의 속도가 훑고 지나간 자리, 과거로 밀려난 풍경 속에 남는 것은 폐허 속의 조난자들이다. 기차의 속도로 상징되는 근대라는 새로운 세계를 만나 처참히 파괴된 존재들이다. 그들 가운데 그 누구도 질병과 궁핍, 그로부터 탈주를 꿈꾸는 순간 찾

아드는 아편 중독의 유혹으로부터 자유로울 수 없었다. 그리고 그 종착역엔 어김없이 죽음이 기다리고 있었다. 돈을 모아 남같이 사는 행복을 설교하던 「비 오는 길」의 사진사는 어이없이 급사하고, 「무성격자」의 주인공은 결핵을 앓는 애인과 위암에 걸린 아버지의 죽음을 목전에 두고 있다. 운전수에게 농락당한 「봄과 신작로」의 농촌 색시 또한 성병에 걸려 쓰러지며, 「심문」의 여주인공은 아편 중독자로 전락한 과거의 좌익 운동가를 따르다 갱생의 의지를 자살로써 접는다. 식민지 시대의 작가들이 그러했듯 최명익은 자신의 소설에서 병과 죽음을 근대의 민낯으로 이렇듯 직시한다.

찰나의 속도로 돌진해오는 신생(新生)의 근대가 전근대의 미망에서 미처 발을 빼지 못한 이들에게 선사한 것은 굴욕과 공포였다. 교장 자리를 놓고 벌어지는 갈등과 알력 속에서 「역설」의 주인공 '문일'은 자존심과 결벽성을 지키기 위해 비굴한 겸손을 선택한다. 「비 오는 길」의 공장 사무원 '병일' 역시 신원보증인을 구하지 못한다는 이유만으로 의심 많은 주인으로부터 상처 받기 일쑤다. 그러면서도 병일은 낙관적인 생활을 설계해가는 사진사의 세속적인 수완과 거리를 두려 한다. 그리고서는 밤이면 도스토예프스키를 읽는 것으로 자신의 꿈을 지켜내려 안간힘을 쓴다. 그러나 그 안락이 이내 죽음으로 엄습해오는 데는 그리 오랜 시간이 걸리지 않았다. 사진사와 소원해진지 얼마 지나지 않아 장질부사로 죽은 병원 사망자 명단에서 병일은 사진사의 이름을 보게 된다. 최명익은 그처럼 비루한 일상의 도처에 똬리 튼 질병과 죽음의 연쇄를 응시한다. 그의 소설은 바로 이 삽화들의 몽타주인 것이다. 희망의 출혈만을 거듭할 뿐 그들에게 갱생의 꿈은 결코 도달할 수 없는 신기루다. 그들은 하나같이 근대 자본주의의 원심력으로부터 튕겨져 적자생존의 아레나 한 가운데 내쳐진 제물일 뿐이다.

들어선 여옥이의 살림은 사실 거츨른 것이었다. 방 한 가운데는 사기 재떠리만을 올려 놓은 둥근 탁자와 서너 개 나무 의자가 벌어져 있고, 거리 편으로 잇대어 난 단 두 폭이 벼락닫이 창 밑에는 유단[2]이 닳아 모사리에는 소가 비죽이 나온 장 의자가 길게 누은 듯이 놓여 있었다. 그것은 사실 길게 누은 듯이라 할 밖에 없이 그 작은 방에는 어울리지 않게 큰 것이었고, 진한 자줏빛 유단이나 육중한 나무다리의 미츠러운[3] 결태[4] 은은한 조각이 장중하고 호화스럽던 가구였다. 그리고 화문이 다 낡은 맞은편 담과 방 웃묵을 병풍 치 듯 건너 막은 판장 담 모퉁이에는 역시 낡은 삼면 경대가 비즛히[5] 서 있었다. 체두리 나무[6]의 칠이 벗고 조각의 획이 긁히우고 거울면 한 복판에는 고두터운[7] 유리가 국살진[8] 듯이 水銀이 들뜨고 밀리운 것이나, 본 체재만은 역시 호화롭고 장중한 것이었다.[9]

앞에 인용된 장면은 「심문」의 여주인공 '여옥'이 아편중독자 '현'과 거처하는 방 풍경이다. 여옥의 '심문(心紋)', 곧 그녀 '마음의 무늬'는 그렇게 낡고 황폐하다. 사별한 아내를 잊지 못해 자신의 사랑을 받아주지 않는 '명일'을 떠나 하얼빈에 와 무희가 된 여옥이다. 그곳에서 그는 한때 사랑했던 좌익운동가 현을 만난다. 현은 이미 아편중독자로 폐인이 된지 오래다. 그는 명일에게서 돈을 받는 조건으로 여옥이 자신에게서 떠나는 것을 허락한다. 그 사실을 알게 된 여옥의 선택은 이미 정해진 것이었다. 최명익은 언어의 붓질로써 이렇듯 근대적인 세계와의 대결에서 패배한 이들의 초상을 그려나갔다. 운명이 아닌 자본의 폭력 앞에 무릎 꿇는 인간 군상들에 대한 기록이 최명익의 소설세계였던 것이다. 그들이 일용하는 양식은 우울과 죽음에 대한 끊임없는 공포, 그리고 그 심연으로의 침잠 혹은 추락이다. 이 예정된 결말의 서사는 흡사 그리스 비극을 닮아 있다. 이를 부러 비극이라 칭하는 이유인즉, 신탁이 예고한 영웅의 숭고한 몰락이 아닌 나약하기 그지없는 장삼이사(張三李四)들의 일방적인 패배이기 때문이다. 그 단초는 결코 비극의 주인공이 하나쯤 갖기 마련인 내면의 성격적 결함(hamartia)이 아니요, 「무성격자」의 주인공 '나'를 좌절시킨 근대라는 괴물이었다.

비극의 주인공은 최후의 순간에 이르기 전까지 그 몰락이 스스로 자처한 결말임을 알지 못한다. 오로지 관객만이 그 사실을 알 뿐이다. 때문에 그 운명에 관객은 더 할 수 없는 연민을 느낀다. 이를 두고 극적 아이러니라 칭한다. 기차 안에서 갈보장사를 하는 두 꺼비 같은 중년신사에게 매를 맞는 한 여인을 보며 연민을 느껴 순간 껄껄 웃고 싶은 충동에 사로잡히는 「장삼이사」의 '나'란 인물이 바로 그 아이러니를 지켜보는 관객과 같은 존재다. 그들은 질병과 궁핍으로부터 벗어날 수 있으리라는 부질없는 희망에 붙들려 있다. 하지만 그 쇄신의 꿈은 현재의 현실이 되는 법이 없이 늘 불안한 미래로 이월되고 만다. 그들의 이야기는 그렇게 끝이 나지만, 그 순간 그들 생의 비극이 결코 끝나지 않으리라는 것을 독자는 이내 알아차린다. 최명익의 소설이 한 세기 전 식민지 조선의 풍경화가 아닌 우리 시대, 나의 이야기로 오늘날 독자의 뇌리에 맴도는 이유다.

최명익의 소설 작품에 등장하는 어휘를 통계학적으로 분석한 박장례의 연구에 따르면[10], 그의 문체는 질병과 중독, 죽음에 경도되어 있다. 이러한 회색의 어휘를 즐겨 사용한 최명익은 그 선택에 있어 가히 병적이라 할 만한 결벽성을 지니고 있었다. 그의 말을 그대로 옮기면

"제자리에 들어맞지 않는 부정확한 단어일 때에는 긁으려고 해도 어덴지 몰라서 긁을 수도 없이 그냥 가렵기만 한 데가 있는 것 같은 안타까움을 느끼게 된다."

실제로 대표작 가운데 하나인 단편 「비 오는 길」을 발표하기까지 근 1년의 시간을 들여 문장을 다듬었다고 한다. 『표준국어대사전』에 등재되어 있지 않은 다음과 같은 일반명사들을 보건대, 어휘개발자라 하리만치 그가 남다른 언어감각의 소유자였다는 사실을 인정하지 않을 수 없다.

강구입, 거칠매, 결태, 꼬둘채, 돌갓, 돌작길, 뒷메, 맨틀, 면두룸이, 몽당판, 발장, 방문병, 별불, 뵈불, 소연감(疏然感), 심문(心紋), 영마, 유단, 의액이, 작시돌, 잣치, 재밤, 주주길솜, 터앗, 포대실, 풀솜오리, 하오리, 한뿜, 헌화, 호로.

위와 같은 독특어뿐만 아니라 다채로운 용언에서도 최명익 고유의 색채언어적 섬세함을 맛보게 된다. 그 몇을 여기 소개한다.

* 하울치다: 하비다, 할퀴다.
* 나무럼이 가다: 야단을 맞다.
* 구슬러서다: 눕지 않고 일어서다.
* 간집히다: 가볍게 부딪히다.
* 께끔하다: 메스껍고 역겹다.
* 두련두련하다: 머뭇거리다.
* 곱구자루: 치장하여.

*산드럽다: 산뜻하다.

*지뚱미루워두: 미련해도.

*시울다: 눈이 부셔서 바로 보기가 거북하다.

*츨츨하다: 보기에 싱싱하여 질이 좋다.

*흥야라 부어라: '승강이를 한다'는 뜻.

*어궁하다: 말이 막히고 궁하다.[11]

'색면추상'이라 불리는 추상표현주의의 선구자 마크 로스코(Mark Rothko)는 현대미술을 대표하는 러시아 출신의 미국 화가다. 1940년대 말에서 1950년대 그는 캔버스를 둘 혹은 세 개의 직사각형으로 나뉜 공간에 강렬한 색채를 엷게 칠했다. 그리고 그 위에 좀 더 크기가 작고 윤곽선이 모호하며 고정되어 있지 않은 불명료한 모서리의 직사각형을 덧칠하는 작업을 지속했다. 단순해져 간 그 형상은 좀 더 큰 직사각형으로 점차 다듬어졌다. 이들 형상은 구름처럼 천천히 움직이는 듯한 환영을 불러일으켰다. 이러한 로스코의 색면추상은 말년에 그가 알코올 중독자가 되면서 어둡고 무거운 색채로 변해 갔다. 결국 그는 동맥을 끊어 세상을 등졌다. 식민시기 최명익의 소설에 등장하는 인물들, 불치병 혹은 불운에 죽음을 맞는 이들의 운명이 마크 로스코의 회화 속 낱낱의 형상에 빙의되어 있는 듯하다는 생각은 분명 필자의 착시리라. 그럼에도 여전히 로스코의 극도로 절제된 형상과 우울한 색채를 접할 때마다 「심문」의 주인공 '여옥'의 최후 인상을 떨쳐낼 수 없다. 이왕 억지를 부리자면 최명익의 소설과 로스코의 색면추상은 샴쌍둥이와 같은 운명을 타고난 듯싶다. 절망의 소리 없는 절규를 담아낸다는 점에서 그들의 동시대 언어는 다르지 않다.

■주

1   최명익, 『心紋』, 『創作集 張三李四』, 乙酉文化史, 1947, 142쪽.

2   비로드와 같이 두꺼운 천.

3   비로드와 같이 두꺼운 천.

4   나무, 돌, 살갗 따위에서 조직의 굳고 무른 부분이 모여 이룬 무늬.

5   비스듬히.

6   경대 유리를 감싼 나무.

7   표면이 고르지 못하고 앞으로 융기된. 여기서 '고'는 '股' 즉 거울의 두 변을 가리키
    는 듯.

8   주름진.

9   최명익, 「心紋」, 『創作集 張三李四』, 乙酉文化史, 1947, 160~161쪽.

10 박장례, 「최명익 소설의 문체 연구: 어휘 사용 양상을 중심으로」, 『한국언어문학』
    78, 2011.

11 다음 책의 주를 참고함.
    최명익, 『비 오는 길』, 신형기 편, 문학과지성사, 2004.

▶ 『張三李四』(을유문화사, 1947)

위의 두 사진은 박태원, 이상과 더불어 1930년대 한국 모더니즘 소설을 대표하는 작가로 꼽히는 최명익의 대표작 「장삼이사(張三李四)」를 표제작으로 수록한 창작집 『장삼이사』의 표지와 목차다. 심리소설의 지평을 열었다는 평가를 받는 최명익의 이 작품집에는 해방 이전에 발표된 작품들이 수록되어 있다. 광복 이태 뒤인 1947년에서야 작품집이 간행되었다는 사실은 최명익의 작품이 대중과는 그리 친밀하지 않았음을 간접적으로 말해준다. 하지만 분명 그의 작품이 한국 근대 모더니즘 소설문학이 도달한 최고치를 보여주었다는 사실에 이의를 제기하기는 어려울 것이다.

▶ 「심문」(『문장』 1939. 6)

"숙명이란 이렇다 할 원인이 없는 결과만을 우리에게 던져주는 것
이다."

'마음의 무늬'라는 제목만큼이나 강렬한 단편 「심문」에 등장하
는 위 서술은 식민시대 최명익의 세계관을 단적으로 보여준다. 그러
했던 최명익은 해방과 함께 놀라운 변신을 꾀한다. 해방이 되자마자
북한 최초의 문화단체인 〈평양예술문화협회〉 결성에 주도적으로
참여해 회장직을 맡은 것이다. 이후 최명익은 온전히 공산주의자로
서의 길을 걷는다. 그러나 1972년 그는 부르주아 전력이 문제되어

숙청된다. 결국 그는 자살로 생을 마감했다. 1984년 김정일이 유고
작『이조망국사』를 완성하도록 조치하면서 최명익은 북한문학사에
서 복권된다. 이와 함께 식민시기 그가 몰두했던 모더니즘 미학과는
대조적인 위치에서 사회주의 리얼리즘 창작방법론에 바탕해 쓴 역
사소설『서산대사』(1956)는 오늘날 북한문학을 대표하는 작품의 하
나로 재평가 받고 있다.

▶「근대문학 거장 명예회복… 합법적 출판 길 열려」, ≪서울신문≫, 2009. 2. 20.

2009년 월북작가 10명의 저작권을 〈남북경제문화협력재단〉
이 일괄 위임받는 일이 있었다. 위 사진은 이와 관련하여 북한의 저
작권사무국에서 남한에 보낸 「확인서」다. 이에는 이기영을 비롯해
백석, 한설야, 현덕 등 근대 한국문학의 걸출한 작가들이 이름을 올
려놓고 있다. 작가명과 함께 그들이 남긴 작품의 저작권 상속자가
명시되어 있는 점이 눈길을 끈다. 최명익도 포함되었는데, 그 상속
자가 자녀가 아닌 조카다. 직계 후손이 북에 살아 있지 않다는 이야
기일 것이다.

리얼리스트는
왜
민족의
죄인이 되었나?

많은 수효의 영리한 사람들이 저의 이익과 안전을 도모하기
위하여 진심으로 일본 사람을 따랐다.

역시 적지 아니한 수효의 사람이 핍박을 받을 용기가 없어
일본 사람에게 복종을 하였다.

복종이 싫고 용기가 있는 사람은 외국으로 달리어 민족해방
의 투쟁을 하였다. 더 용맹한 사람들은 외국으로 망명도 않고
지하로 숨어 다니면서 꾸준히 투쟁을 하였다.[1]

채만식이 해방 후(1948~1949) 발표한 중편『민족의 죄인』의 한
대목이다. 이 인용문이 보여주듯 이 작품은 자발적이었든 소극적
이었든 친일의 길에 들어섰던 지식인들, 그리고 양심을 지키며 일
제에 저항했던 독립운동가들의 행적과 내면을 상세히 묘사하고 있
다. 채만식은 자신이 저지른 과오 역시 이 자전적 소설을 통해 고
백하고 있거니와, 실제로 이 작품의 연재에 그는 '민족의 죄인 채만
식'이라는 제목을 달았다.

오늘날의 독자대중에게 「레디메이드 인생」(1934), 「치숙」(1938),
『태평천하』(1938) 등의 작품을 통해 풍자문학의 대가로 알려져 있는
채만식은 실은 다양한 방면에서 창작 역량을 뽐낸 작가였다. 탐정
소설의 작가이자 희곡작가이기도 했던 그가 우리문학사에서 가장
빛나는 성과로 주목받은 지점은 한국적인 리얼리즘 문학의 주춧돌
을 놓았다는 사실에서다. 그 정점을 보여주는 작품이 바로 ≪조선

일보≫(1937. 10. 12~1938. 5. 17.)에 연재된 장편『탁류』다.

『탁류』의 서사 줄기는 간결하다. 청순한 처녀 '초봉'이 군산 미두장에서 가산을 탕진하는 아버지 정주사에 의해 여러 남자들에게 팔려가 겪는 인생유전이 그것이다. 초봉은 정주사의 사업 밑천을 대주겠다는 말에 흔들려 타락한 은행원 '고태수'에게 시집을 가게 된다. 그러나 고태수가 유부녀와 간통하다 타살 당하던 날 초봉은 곱사인 '장형보'에게 강간을 당한다. 이후 고향 군산을 떠난 초봉은 중도에 아버지의 친구로 약국 주인인 '박제호'에게 속아 그의 첩이 되었다가 장형보가 나타나는 바람에 박제호에게마저 버림받는다. 장형보의 자식을 갖게 된 초봉은 그와 위태로운 동거를 고통스럽게 이어가나 끝내 그를 향한 증오를 참지 못하고 죽이고야 만다. 이러한 초봉의 생이 비극적인 것은 그녀의 곁에 믿고 의지할 사내 '남승재'가 있었기 때문이다. 아버지 정주사의 농간이 아니었다면 초봉은 장차 의사가 될 남승재와 부부의 연을 맺을 수 있었다. 그러나 부친의 탐욕으로부터 놓여날 수 없었던 그녀는 결국 그 희생양이 될 수밖에 없는 운명의 그물에 얽혀들고 만 것이다.

이처럼 『탁류』의 표면적인 내용은 한 여인의 수난사에 다름 아니다. 최루성 대중소설로서 더할 나위 없는 면모를 과시하고 있는 셈이다. 하여 이 작품을 식민시기 최고의 리얼리즘 작품으로 꼽는 학계의 평가는 어찌 보면 무색하다. 그러나 『탁류』의 진면목은 이 같은 줄거리의 통속성에 있지 않다. 초봉의 비극적인 운명은 이 작품에서 허울 좋은 소품일 뿐이다. 이 작품의 진짜 주인공은 시대적 배경이다. 곧 식민지 조선의 축소판이라 할 '군산', 그리고 그 근대 도시 한가운데 타락한 자본주의의 심장으로 자리한 미두장인 것이다. 그 공간에서 펼쳐지는 다양한 인간 군상들을 통해 채만식은 민족과 계급, 그 이중모순의 질식 상태에 빠진 조선의 현실을 생생히 기록한다. 이러한 관점에서 '흐린 세태나 시류 또는 사회적 경향'이라는 사전적 풀이를 굳이 참조하지 않더라도 작품 제목 '탁류'가 상징하는 바가 쉬 이해된다. '탁류'는 위선과 음모와 살인이 판치는 1930년대 조선의 메타포(metaphor)인 것이다. 그 혼탁한 시대가 낳은 사생아 초봉이란 인물의 형상을 통해 채만식은 조선의 현실을 묘파하고자 했다.

작자 채만식은 그 탁류가 서해로 흘러들어가 언젠가 청류로 바뀔 것이라는 희망의 끈 역시 놓지 않는다. 초봉의 구원자로 등장하는 남승재는 병원에 가지 못하는 어려운 이들에게 자비를 들여 의술을 베푸는 인물이다. 그의 오랜 꿈은 평등한 세상을 만드는 일이었다. 그러나 오래지 않아 자신의 개인적인 노력만으로는 그 같은 이상이 현실이 될 수 없다는 사실에 그는 좌절한다. 역설적이게도 이 깊은 회의감은 남승재로 하여금 자신과 같은 지식인의 교양과 민초들의 현실 사이에 존재하는 거리를 가늠케 한다.

승재는 이 정주사네 명님이네와도 또 달라, 낡았으나마 명색

교양이 있다는 사람으로 그따위 짓을 하는 것은 침을 배알을 더러운 짓이라 했다. 그리하여 마침내 그는 교양이라는 것에 대하여 환멸을 느끼기까지 했다. 가난한 사람은 교양이 있어도 그것이 그네들을 선량하게 해주는 것이 못되고, 도리어 교양의 지혜를 이용하여 무지한 사람들보다 더하게 간악한 짓을 하는 것이라 했다.[2]

채만식은 남승재의 이 냉엄한 현실인식이 조선의 미래를 향한 첫 걸음이 되어야 한다고 확신했다. 그 순간이 해방과 함께 찾아왔을 때, 채만식은 "용맹하지도 못한 동시에 영리하지도 못한 나는 결국 본심도 아니면서 겉으로 복종이나 하는 용렬하고 나약한 지아비의 부류에 들고 만 것이었다."[3]라며 자신의 친일부역 사실을 용기 내어 고백했던 것이다. 소설『탁류』가 현실의 모사(摹寫)가 아닌 한국적 리얼리즘을 구현해낸 서사로 평가받는, 받아야 할 이유가 이에 있을 터다.

그렇다면 도대체 한국적 리얼리즘은 무엇이란 말인가? 이 질문에 필자는『탁류』에서도 유감없이 발휘된 채만식 풍의 현실 풍자라 감히 단언한다. 그 구체적인 증거로 이야기를 감칠맛 나게 풀어내는 데 더없이 효과적인 기제로 일조하는 다음과 같은 관용 표현들을 들 수 있다.

"곤달걀 지고 성 밑으로 못 간다"

이미 다 썩은 달걀을 지고 성 밑으로 가면서도 성벽이 무너져 달걀이 깨질까 두려워 못 간다는 뜻이다. 무슨 일을 지나치게 두려워하며 걱정함을 비유적으로 이르는 말인 것이다.

"종일 통곡에 부지하(不知何) 마누라 상사(喪事)"

종일토록 통곡을 하고 났는데 정작 어떤 마누라가 죽었는지 모른다는 뜻이다. 일의 의미는 물론 해야 하는 이유도 알지 못한 채 어떤 일에 죽도록 매달리는 어리석음을 빗댄 표현이다.

"시에미가 오래 살면 자수물통에 빠져죽는다"

위 문장은 표준어 표현 '시어미가 오래 살면 개숫물통에 빠져 죽는다'로 바꾸어보면 언뜻 그 의미를 알아차릴 수 있다. 오랜 시간을 지나는 동안에는 뜻밖의 일도 있을 때가 있다는 말이다.[4]

이제는 유물이 되어버린 채만식 특유의 움직씨와 그림씨, 그 능수능란한 부림 역시 『탁류』를 읽는 또 다른 재미다. 궁금한 독자여 아쉬운 대로 맛보시라!

* 점직하다: 약간 부끄럽고 미안한 느낌이 들다.

* 액색하다: 운수가 막히어 생활이나 행색 따위가 군색하다.

* 연삽하다: 부드러우면서도 사근사근하다.

* 추럿하다: 추레하다.

* 숫두름하다: 순진하고 투박하다.

* 매초롬하다: 젊고 건강하여 아름다운 태가 있다.

* 따들싹하다: 잘 덮이거나 가려지지 않아 밑이 조금 떠들려
　　　　　있다.

* 짯짯이: 똑바로 쩨려보는 모양.

* 새수빠지다: 이치에 맞지 않고 소갈머리가 없다.

* 너끔하다: 심하게 퍼져나가던 기세가 수그러지고 뜸하다.

* 쭈루투룸하다: 언짢거나 시큰하여 토라진 기색이 있다.

* 마슬러보다: 샅샅이 더듬거나 살펴보다.

* 밴조고름하다: 겉으로 보기엔 생김새가 깜찍하게 반반하다.

* 들믓하다: 분량이나 수효가 어떤 범위 안에 가득 차 있다.

* 어벙떼엥하다: 어벙하면서도 남을 무시하는 태도.

* 아슴찮다: 내 마음 같지 않다. 내 마음보다 낫다.

* 헤성헤성하다: 치밀하지 못하고 허전한 느낌이 있다.[5]

■ 주

1 채만식, 『채만식전집』 8, 창작과비평사, 1989, 433~434쪽.
2 채만식, 『채만식전집』 2, 창작과비평사, 1987, 355쪽.
3 채만식, 『채만식전집』 8, 창작과비평사, 1989, 434쪽.
4 채만식, 『탁류』, 문학과지성사, 우찬제 편, 2014. 참조.
5 다음 책의 주를 참고함.
　 채만식, 문학과지성사, 우찬제 편, 2014.

▶『민족의 죄인』
(『白民』, 1948~1949)

『민족의 죄인』은 1948년 10월『백민』추계특집호에 전반부가, 1949년 1월 신년특대호에 후반부가 게재된 채만식의 중편소설이다. 이 작품은 친일 행위에 관련하여 당대 지식인의 고뇌와 위선, 그리고 반성을 다루고 있다. 해방 후 과거의 행적에 대해 성찰한 사실상 유일한 자전적 소설이라는 데 그 의의가 있다.

▶『탁류 1회』, 《조선일보》, 1937. 10. 21.

1937년 10월 12일부터 1938년 5월 17일까지 198회에 걸쳐 《조선일보》에 연재된 채만식의 장편『탁류』는 연재 종료 이듬해인 1939년 〈박문서관〉에서 단행본으로 출간되었다. 2년여의 시간을 배경으로 '초봉'이라는 여성의 비극적 운명을 그린 이 작품은 '인간기념물'이라는 첫 장에서 시작하여 '서곡'의 마지막 장에 이르기까지 총 19개의 소제목으로 구성되어 있다.

況狀 / 積集殼米港山群

▶ 『탁류』의 배경이 된 일제의 미곡 수탈의 상징 군산항

채만식은 군산에서 나고 자랐다. 하여 그의 대표작 『탁류』에는 1930년대 중반 군산의 모습이 대단히 사실적으로 묘사되어 있다. 당시 군산은 일제의 조선 수탈을 용이하게 할 도시 구조로 근대화된 도시였다. 『탁류』의 주인공 초봉의 동선을 따라가다 보면, 그와 같은

수탈의 궤적을 되밟아 갈 수 있는 이정표들을 발견하게 된다.

▶『천하태평춘』(『조광』, 1938. 1~9)　　▶『태평천하』(동지사, 1948)

　　우리에게 '태평천하'라는 제목으로 더 잘 알려진 채만식의 장편 『태평천하』는 1938년 『조광』에 처음 '천하태평춘'이라는 제목으로 연재되었다. 이후 이 작품은 1940년 『삼인장편집』(명성사)에 수록 되었다가 1948년 『태평천하』로 개제되어 단행본으로 출간된다. 채만식 풍자문학을 대표하는 이 작품의 주인공은 지주이자 고리대금 업자인 '윤직원' 영감이다.

　　윤직원은 새로운 시대의 물결을 싫어하고 오직 자신의 생명과 재산을 보호하는 데만 관심을 쏟는 봉건시대 인물이다. 그는 일본 의 조선 통치를 만족스럽게 생각하며 반민족적, 반사회적 행동에 거 침이 없는 자린고비다. 한편 개화기 세대인 그의 아들 '창식'은 가치

관을 상실하고 주색에 빠져 표류하는 인물이다. 그리고 손자 '종학'
은 앞선 세대의 가치관과 생활방식을 부정하고 사회주의운동에 참
여한 인물이다. 이들 세 세대 간의 갈등은 집안의 기대를 한몸에 받
았던 둘째 손자 종학이 일본 경시청에 검거된 사실을 윤직원 영감이
알게 되면서 표면화된다. 채만식은 윤직원과 창식으로 대표되는 기
성세대의 가치관이 시대착오적이라는 것을 희화화하는 한편, 종학
을 긍정적 시선으로 바라봄으로써 새로운 세대의 가치관에 지지를
보낸다. 예컨대 윤직원 영감이 화적들에게 돈을 탈취 당하고 부친까
지 살해당하자 울부짖으며 외쳤던 다음과 같은 말을 통해 구시대적
가치관을 향한 비판의식을 채만식은 반어적으로 피력한다.

"이놈의 세상이 어느 날에 망하려느냐!"고 통곡을 했습니다.
그리고 울음을 진정하고도, 불끈 일어서 이를 부드득 갈면서,
"오-냐, 우리만 빼놓고 어서 망해라!"고 부르짖었습니다. 이 또한
웅장한 절규이었습니다. 아울러, 위대한 선언이었고요.

무영탑,
전설이
역사가 되다!

지난해 진도 5.8의 9·12강진에도 불구하고 불국사 석가탑은 끄떡없었다. 사실 1966년 도굴에 의해 일부 훼손된 경우를 제외한다면 석가탑이 자연재해로 손상을 입은 일은 거의 없다. 정제된 아름다움의 극치를 보여주는 석가탑은 정식 명칭은 '석가여래상주설법탑'이다. 흔히 무영탑으로 불리는 석가탑이 일반인들의 관심과 사랑을 받게 된 데에는 현진건의 역사소설『무영탑』의 공이 크다.

김동인과 함께 한국 근대 단편소설문학을 대표하는 작가로 알려진 현진건은 그리 많지 않으나 장편소설 역시 남겼다. 「빈처」, 「운수 좋은 날」, 「B사감과 러브레터」와 같은 단편소설 창작으로 문명을 날린 현진건에게 장편소설『무영탑』은 각별한 작품이 아닐 수 없다. 역사소설가의 반열에 그의 이름을 당당히 등재시킨 작품이 바로『무영탑』이기 때문이다. 식민시기 역사소설은 거개 역사 지식과 재미를 동시에 얻고자 한 대중의 요구에 부응하기 위한 목적에서 창작되어 신문에 연재되었다.『무영탑』역시 그와 같은 흐름으로부터 온전히 탈피하지는 못했다. 그러나 이 작품에 독자들이 열광했던 것은 재미 때문만은 아니었다.『무영탑』에는 작가 현진건의 강렬한 민족의식과 종교로까지 승화된 예술혼이 깊이 투영되어 있다.

'아사달'과 '아사녀'의 비극적인 사랑 이야기로 알려진 것과 달리『무영탑』에는 다채로운 성격의 인물이 다수 등장하며, 그들 사이에 얽히고 설킨 갈등이 긴장감 있게 전개된다. 신라 경덕왕 시절 백제 부여 사람 아사달은 불국사의 다보탑과 석가탑을 세울 석공으로 뽑혀 서라벌로 오게 된다. 서라벌의 귀족 이손(伊飡) '유종'의 딸 '주만'은 아사달에게 처음 본 순간 마음을 빼앗긴다. 부여에 두고 온 아내 아사녀 때문에 한편으로 괴로워하면서도 아사달은 주만에게 마음을 연다. 그러나 주만을 사모해온 '금성'의 훼방으로 두 사람의 사랑은 위협 받는다. 한편 유종은 정적 '금지'의 아들 금성의 청혼을 거부하기 위해 주만을 '경신'과 혼약시킨다. 그때 부여에서는 삼 년 넘게 남편의 귀향을 기다린 아사녀가 죽은 부친의 제자이자 아사달의 연적이었던 '팽개'에게 겁탈당할 위험에 처해 있었다. 아사녀는 결국 고향집으로부터 도망하여 아사달이 있는 서라벌로 온다. 마침내 아사달은 석가탑을 완성한다. 그러나 아사달과의 부정한 행각이 부친 유종에게 발각되면서 주만은 화형을 당한다. 그 무렵 탑이 완성되면 영지(影池, 그림자못)에 그 모습이 비칠 것이라는 '중'과 '뚜쟁이'의 농간과 행패로 아사달을 만나지 못한 아사녀는 아사달이 귀인의 딸과 결혼했다는 소문을 사실로 여기고서 영지에 몸을 던지고 만다. 뒤늦게 이를 알게 된 아사달은 주만과 아사녀, 두 여인을 합하여 원불(願佛)의 조각을 새기고서 자신도 물에 빠져 죽는다.

역사소설 『무영탑』은 현진건이 기행문 「고도순례경주」를 신문에 연재하면서 접한 구비 전승 설화에 허구를 덧대 창작한 작품이다. 해당 설화는 불국사의 역사적 배경과 건축물 등에 관한 사적기, 일명 「고금창기」에 전해지는 이야기로 이 기록을 참조하였던 것이다. 「고금창기」에 따르면, 불국사에 탑을 건립하기 위해 한 장공(匠工)이 당나라에서 서라벌에 왔다. 어느 날 아사녀(阿斯女)라는 그의 누이동생이 그 장공을 찾아왔으나 대공(大功)이 아직 완료되지 못해 만나지 못했다. 아사녀는 이튿날 아침 서방 십리쯤 된 곳에 가면 천연의 못이 있어 거기에 탑 그림자가 비칠 것이라는 중의 말대로 그곳을 찾아간다. 그러나 끝내 탑은 못에 비치지 않았다. 이러한 연유로 무영탑이라 부르게 되었다.

「고금창기」의 이 이야기는 현진건의 『무영탑』과 적잖은 차이를 보인다. 우선 「고금창기」에는 아사달이라는 이름이 등장하지 않는다. 현진건이 장공의 누이동생 아사녀라는 이름을 참고하여 이 장공에 아사달이라는 이름을 붙이고서 그를 오라버니가 아닌 남편으로 설정한 것이다. 그럼으로써 현진건은 부부의 연으로 맺은 아사달과 아사녀 두 사람의 운명에 주만이라는 고귀한 신분의 여성을 등장시켜 애절한 사랑의 삼각관계를 빚어낼 수 있었다. 거기에 다시 주만의 사랑을 얻고자 벌이는 금성과 경신의 경쟁이 더해지면서 이야기는 한층 흥미진진한 국면으로 전개될 수 있었다. 이 중층의 애정갈등 구도를 통해 현진건은 역사의식의 일단을 피력하고 있거니와, 아사달이 멸망한 백제의 평민이요 주만이 신라 귀족의 딸이라는 설정이 바로 그것이다. 어디 그 뿐인가. 금성이 사대주의를 상징하는 당학파(唐學派) 금지의 아들인 반면 경신은 그와 대립하는 국선도파(國仙道派)의 일원이 아니던가. 그러한 경신을 주만의 구원자로 내세움으로써 현진건은 독자들의 뇌리에 주체적인 민족의식을 암암리에 실어 나르고자 한 것이다.

소설『무영탑』이 불러일으킨 '무영탑 전설'의 대중적 인기는 실로 대단했다. 현진건의『무영탑』은 1939년 ≪동아일보≫ 연재가 끝나자마자 〈박문서관〉에서 단행본으로 출간되었다. 이어 이 듬해인 1940년 이 소설을 5막7장의 역사극으로 함세덕이 각색하고 유치진이 연출하여 극단 〈고협〉이 무대에 올렸다. 해방 후에도 극과 영화로 끝임 없이 제작되었던 바, 「고금창기」에 묻혀 있던 무영탑 전설은 어느 순간 그 자체로 역사가 되기에 이른다. 그 모든 문화콘텐츠들의 원천이 현진건의 역사소설『무영탑』이었다는 사실은 이 작품의 영향력이 어느 정도였는지를 단적으로 말해준다. 이들 텍스트 가운데 함세덕이 각색한 역사극 〈무영탑〉의 결말이 원작과 크게 다르다. 유종이 딸 주만을 책대(磔臺)에 올려 화형에 처한 이튿날 밤 아사녀는 영지에 뛰어든다. 마침 그곳을 지나던 동리 사람들이 아사녀를 구하고, 그녀는 중의 인도로 달려온 아사달과 재회하게 된다. 아사녀는 끝없이 남편의 품에 안겨 느낀다. 이때 두 탑의 완성을 온 서라벌에 알리는 종소리와 함께 극은 막을 내린다. 함세덕이 원작 소설과 달리 행복한 결말로 극을 각색하였음에도 이 작품을 향한 대중의 박수갈채는 변함없이 뜨거웠다. 그것이 설화 자체가 지닌 서사의 힘 때문인지 설화를 역사로 재탄생시킨 현진건의 역사소설가로서의 역량 때문이었는지 굳이 따져 물을 필요는 없을 듯하다. 우리 시대 독자들 역시 여전히 석가탑의 역사를 역사소설『무영탑』을 통해 만나고 있지 않은가.

　설화 혹은 전설을 모티프 삼아 탄생한 역사소설이라는 점에서, 그리고 민족문화의 한 원형으로서 고대 신라의 생활상을 생생하게 재현하였다는 점에서 소설『무영탑』의 문학사적 가치는 빛난다. 실제로 현진건은 우리의 옛말을 이 작품 도처에 보석처럼 새겨두고 있다. '구슬아기(珠曼)', '털이', '콩콩이' 등 등장인물의 이름은 물론이거니와, 낯선 듯 낯익은 우리말의 어찌씨와 움직씨 등과 조우하는 순간은 이 작품을 읽는 또 하나의 즐거움이 아닐 수 없다. 여태 이 작품을 접하지 못한 독자들이여! 여기 그 몇몇을 소개하오니 그 어감을 새겨보시라!!

* 열 손 재배하다: 일손을 놓고 놀고 지내다.

* 쩍말없이: 잘 되어 더 말할 나위가 없이.

* 들레다: 야단스럽게 떠들다.

* 갸둥질: 갸둥질, 어린애를 올렸다 내렸다 하며 치켜들고 어를 때 아이가 다리를 오그렸다 폈다 하는 짓을 이름.

* 이허: 속내. 겉으로 드러내지 않은 속마음이나 일의 내막.

* 앙바틈하다: 딱 바라져 있고 짤막하다.

* 노박이로: 줄곧. 계속.

* 자갑스러운: 잡되고 상스러운 데가 있는.

* 강샘: 질투의 다른 말.

* 아리알심: 은근히 동정하는 마음.

* 들레다: (둘 이상의 사람이) 아주 어수선하고 시끄럽게 떠들다.

* 신풍영스럽다: 사물이 너무 작거나 모자라서 마음에 차지
않다. 근심이 많아서 사소한 일을 돌아볼 마
음의 여유가 없다.

* 너겁: 덕지덕지 앉은 때.

* 섭적: 힘들이지 않고 가볍게 건너뛰거나 올라서는 모양.

* 촉바르다: 입바르다. 바른말을 하는 데에 거침이 없다.

* 어연듯이: 어엿이. 당당하고 떳떳하게.[1]

■ 주

1   다음 책의 주를 참고함.
    현진건, 『무영탑』, 서종택 외 편, 푸른사상, 2012.

▶ 『무영탑 1회』, ≪동아일보≫, 1938. 7. 20.

현진건의 『무영탑』은 1938년 7월 20일부터 1939년 2월 7일까지 ≪동아일보≫에 총 164회 연재된 장편 역사소설로 '무영탑 전설'을 최초로 소설화한 작품이다. 일찍이 「불국사고금창기」에 기록된 무영탑 전설을 모티프 삼아 오사카 긴타로는 「慶州の伝説(三)」을 기술한 바 있다. 이어 하마구치 요시미쓰는 희곡 〈무영탑조담〉를 창작했다. 이로써 무영탑 전설에 등장하는 인물의 성격, 명명, 상호관계 등 인물조형과 예술지상주의 화소(話素)가 강화되었다. 현진건은 『무영탑』을 창작하는 과정에서 이들 일본인 작가들의 저술과 작품을 저본 삼은 것으로 추정된다.

『무영탑』의 연재에 부쳐 ≪동아일보≫는 7월 16일자 연재 예고광고에서 다음과 같이 작자의 말을 소개한다.

이 소설은 시대를 신라에 잡앗으니 소위 역사소설이라 하겠으나,
만일 독자 여러분이 이 소설에서 역사적 사실을 찾으신다면 실망

하시리라. 이 소설의 골자는 몇줄의 전설에서 출발하엿을 뿐이오 역사적 사실이란 도모지 없다 하여도 과언이 아니 까닭이다. 기록 적 설화적 역사상 사실의 나열만이 역사소설이라 할진댄 이 소설 은 물론 그 부류에 속하지 안흘줄 안다. 어떤 한 시대, 그 시대의 색채와 정조를 작자로써 어떠케 재현시키느냐, 작자의 의도하는 주제를 그 시대를 통하야 어떠케 살리느냐, 하는 것이 작자는 역 사적 사실보다도 더욱 중요한 줄 믿는다.

연재 종료와 함께 이 작품은 같은 해 <박문서관>에서 단행본 초판이 발행되었 고, 1942년 같은 출판사에서 재판이 발행되 었다. 이 작품의 대중적 인기가 얼마나 높았 는지를 단적으로 보여주는 대목이다.

1939년 단행본으로 출간된 다음 해 소 설『무영탑』은 극으로 각색된다. 극단 <고협 >이 1940년 9월 12일부터 14까지 3일에 걸 쳐 부민관에서 <무영탑>을 공연한 것이다. 이 공연은 총결산 6천 원 중 준비금 3천5백 원과 원작자 현진건에게 지급한 원작료 3백

▶ 춘원, 「고협의 무영탑」
《매일신보》, 1940. 9. 15.

원을 제하고도 2천여 원의 순이익을 올릴 정도로 흥행에 성공했다. <고협>은 영화 제작과 중앙 및 지방공연을 많이 한 극단으로 <청춘좌>, <호화선>, <아랑> 등과 함께 광복 이전 4대 흥행극단으로 알려져 있다. 그런 <고협>이 역사극 <무영탑>을 주요한 레퍼토리로 무대에 올렸던 것이다.

역사극 <무영탑>을 관람하고 ≪매일신보≫에 기고한 글에서 이광수는 칭찬을 아끼지 않는다. 의상, 음악효과, 연출 모두에서 고심과 열성의 빛이 보여 네 시간의 공연시간이 짧게 느껴졌다는 것이다. 2막부터 5막까지 바짝 마음을 졸이고 눈물이 고이는 중에 끝났다는 감상과 함께 '생명과 같이 생각하는 당시대인들의 예술에 대한 열정과 남녀의 사랑에 나타난 강선도(岡仙道)적 정신을 표현한 작품'이라며 이광수는 해당 공연을 높이 평가했다.

한국전쟁 이후 사극 타이틀과 함께 새로운 각색으로 역사극 <무영탑>의 공연은 계속되었다. 이와 별개로 다른 한편에선 여성국극으로 변형된 <무영탑> 공연이 행해졌다. 여성국극 <무영탑>은 기존 역사극과 창극의 담화 구조가 결합된 콘텐츠로서 그 저본은 현진건의 소설『무영탑』이었다. 고려성이 5막 6장으로 각색한 이 국극은 이유진 연출, 강동완 작곡과 임춘앵 주연으로 대한국악원 산하 단

▶「女性國劇」「無影塔」,
　《동아일보》, 1955. 1. 30.

체인 여성국악단에 의해 1955년 2월 6일 시공관에서 초연되었다.

여성국극 〈무영탑〉이 소설과 다른 지점은 그 결말에서 목격된다. 아사달이 아사녀와 주만의 죽음을 확인하고서 그녀들의 형상을 하나의 원불로 만듦으로써 예술적 승화의 경지에 이르는 소설『무영탑』의 이른바 예술가 모티프가 여성국극 〈무영탑〉에는 빠져 있는 것이다. 대신 여성국극 〈무영탑〉은 아사녀의 주검을 안은 아사달이 영지로 걸어들어 가는 장면으로 결말을 장식하고 있다. 그러면서 "높은 사랑, 맑은 사랑, 하늘보다 넓은 사랑, 바다보다 맑은 사랑, 사랑, 석가탑에 얽히였네."와 같은 합창, 곧 음악적 담화를 통해 주만과 아사녀의 희생적 사랑을 찬미한다. 이렇듯 여성국극 〈무영탑〉은 애화(哀話)로서 로맨스 서사의 관습적 문법을 적극 수용하고 있다. 민족도 예술도 종교도 아닌 사랑, 그 가운데서도 슬픈 사랑에 서사의 방점을 찍은 셈이다. 그 같은 극화 전략을 통해 여성국극 〈무영탑〉은 수많은 관객들을 무대 앞에 불러 모을 수 있었다.

▶ 영화 〈무영탑〉
(현진건 원작, 신상옥 감독, 1957)

여성국극 〈무영탑〉이 한창 주가를 올릴 무렵인 1955년 신상옥 감독의 영화 〈무영탑〉의 제작 소식이 보도된다. 이 작품의 개봉 한 해 전 한 신문기사는 "스토리는 무영탑을 둘러싸고 무늬지는 사랑과 인간심리의 갈등 속에 얽혀진 탐욕, 애락 정염 등 영원한 인간 본연의 상극하는 모습을 묘사"하고 있다고 소개하였다. 한편 신문지상을 통해 이 작품은 대대적으로 광고되었는데, 그 내용의 한 자락을 옮겨보면 다음과 같다.

총 제작비 60,000,000환! 완전양식화를 과시하는 순란 실물대셋

3,500,000환의 공사비와 70명의 인부 동원으로 재현된 상고예술

의 극치 석가탑!! 당々! 영화제 진출을 꾀하는 절세의 비련 거편!

몇 세기 동안 듣는 이로 하여금 도연케 하여 주는 아름답고 구슬픈 신라전설의 획기적 영화화 완성!

광고문은 영화 〈무영탑〉이 현진건의 소설 원작을 이형표가 각색하고 최은희, 한은진, 곽건이 주연을 맡아 〈신상옥푸로덕슌 서울 영화사〉에서 제작한 것임을 밝히고 있다. 1957년 개봉된 신상옥 감독의 〈무영탑〉은 귀족의 딸이 유부남과 신분을 넘어서 사랑에 빠진다는 파격적인 설정으로 대중의 이목을 끌었다. 뿐만 아니라 그 역할을 당대 최고의 여배우 최은희가 맡아 열연했기에 세간의 관심은 더욱 뜨거웠다.

웃픈[1]
루저loser의
일상

김유정은 불우한 예술가의 삶을 통속적으로 대변하는 인물이다. 그는 가난 속에서 각혈을 쏟아내다 폐결핵으로 요절했다. 어디 그뿐인가 당대 최고의 명창 박녹주를 향한 순애보와 거절당한 첫사랑에 소설가가 되기로 결심한 사연은 능히 우리 근대 예술가의 전형적인 초상이라 할 만하다. 짧았던 생애만큼 작가로서 김유정은 그리 많지 않은 수의 단편소설을 남겼다. 「봄·봄」과 「동백꽃」이 김유정의 대표작으로 알려져 있으나, 그의 소설세계 전체를 두고 본다면 예외적인 작품들이다. 흔히 김유정의 작품을 해학적이고 토속적인 서사라 일컫거니와, 상기 두 작품이 중고등학교 교과서에 두루 수록되면서 그의 다른 작품들 역시 유사하리라 예단하면서 만들어진 오해다.

흥미로운 사실은 대중에게 널리 알려진 「봄·봄」과 「동백꽃」을 열외시킬 경우 여타의 작품들이 한 편의 긴 이야기로 읽힌다는 것이다. 짜장 장편소설이라는 말이다. 「산골나그네」, 「총각과 맹꽁이」, 「소낙비」, 「솥」, 「만무방」, 「아내」, 「가을」, 「정조」 등은 주인공의 이름만 다를 뿐 한 사내의 전기로 읽어도 무방한 연작의 성격을 띠고 있다. '춘호', '덕만', '덕순', '응칠', '복만'에 이르기까지 그들은 이명동인(異名同人)이다. 가난하고 무능력한 이들 사내는 어떤 사연을 갖고 있는가?

「솥」의 '근식'은 들병이 '계숙'을 혼자 차지하려는 마음에 자기 집의 맷돌과 함지박은 물론 아내의 속곳까지 훔쳐내는 것을 주저하지 않는다. 그러다 마지막 남은 세간인 솥을 훔쳐내 계숙과 도주하려다 아내에게 그만 붙들리고 만다. 「소낙비」의 '춘호' 역시 「솥」의 근식 못지않은 아내 사랑을 자랑한다. 그는 노름 밑천을 변통해 오라 젊은 아내를 매질로 닦달하는 게 버릇이 된 인물이다. 마을의 부자 양반 '이주사'의 손에 이끌려 돈 이 원을 약속 받은 춘호의 아내는 그 소식을 남편에게 전하며 산골을 떠날 꿈에 함뿍 젖는다. 다음 날 춘호는 그 이 원을 고이 받고자 손색없도록 실패 없도록 아내를 모양내어 이주사에게 보낸다. 그런가 하면 「아내」에 등장하는 사내는 아내를 들병이로 만들어 생계 방편으로 삼고자 소리 교육에 직접 나선다. 이도 모자라 「가을」의 '복만'은 맞붙잡고 굶느니 아내는 다른 데 가서 잘 먹고 또 자기는 자기대로 그 돈으로 잘 먹고 살자며 매매계약서까지 작성해 아내를 소 장사에게 판다.

이들 루저 사내들에게는 또한 그들에게 딱 어울리는 천생연분의 아내가 있었다. 그녀는 「소낙비」에서처럼 폭력을 일삼는 남편의 노름 판돈을 빌기 위해 다른 사내에게 몸을 팔거나 「산골나그네」에서처럼 들병이를 자처하고 나서 사기결혼까지 감행하며 병든 남편과 유랑의 길에 나서기도 한다. 그리고는 종국엔 「땡볕」의 병든 '덕순'이 그러했듯 남편의 등 뒤에서 죽을 날을 꼽으며 눈물로 유언을 써내려간다.

곡절 많은 이들 남녀의 사연을 듣노라면 우리는 한참을 넋 놓고 웃다 마침내 눈물짓고 만다. 애잔한 신파가 아니라는 이야기다.

어느 평론가의 표현을 빌자면 '비루한 것들의 카니발'이 생생한 일상으로 펼쳐지는 파노라마다. 김유정의 창작이 자신의 고향 '실레마을'에서 듣고 본 사건들의 기록이라는 사실을 굳이 언급하지 않더라도 편견 없는 독자라면 그 사연의 주인공들이 당대 식민지 조선인의 보편적인 삶을 대변한다는 사실을 눈치 챘을 것이다. 하여 한국적 리얼리즘의 위대한 승리라는 거창한 수사는 도리어 사양해야 옳다. 거기엔 1930년 식민지 조선의 '레알'이 헐떡인다. 자전적인 작품 「심청」에서 그 날카로운 통찰의 일단을 엿볼 수 있다.

「심청」의 주인공 '그'는 명색이 고보 출신이나 백수나 진배없는 인물이다. 팔팔한 젊은 친구가 할 일은 없고 그날그날을 번민으로만 지내곤 하니까 배짱이 돌라앉고 따라 심청이 곱지 못하였다. 그는 자기의 불평을 남의 얼굴에다 침 뱉듯 붙이기가 일쑤요 건듯하면 남의 비위를 긁어놓기로 한 일을 삼는다. 심보가 이러고 보니 눈에 띄는 것마다 모두 아니꼽고 구역이 날 지경이다. 허나 무엇보다도 그의 비위를 상해주는 건 첫째 거지였다.

대도시를 건설한다는 명색으로 웅장한 건축이 날로 늘어가고 한편에서는 낡은 단청집은 수리좇아 허락지 않는다. 서울의 면목을 위하야 얼른 개과천선하고 훌륭한 양옥이 되라는 말이었다. 게다 각상점을 보라. 객들에게 미관을 주기 위하야 서루 **시새워**[2] 별의별짓을 다해가며 어떠한 노력도 물질도 아끼지 않

는 모양같다. 마는 기름때가 짜르르한 헌 누데기를 두르고 거
지가 이런 상점앞에 떡 버티고서서 나리! 돈한푼 주—, 하고 어
줍대는 그꼴이라니 눈이시도록 **짜증**[3] 가관이다. 이것은 그상점
의 치수를 깎을뿐더러 서울이라는 큰 위신에도 손색이 적다 못
할지라. 또는 신사숙녀의 뒤를 따르며 시부렁거리는 **깍쟁이**[4] 의
행세좀 보라. 좀 심한 놈이면 **비단껄**[5] — 이고 **단장뿌이**[6] 고 닥치
는대로 그 까마귀발로 웅켜잡고는 돈 안낼테냐고 제법 **훅닥인
다.**[7] 그런 봉변이라니 보는 눈이 다 붉어질 노릇이 아닌가! 거지
를 청결하라. 땅바닥의 쇠똥말똥만 칠게 아니라 문화생활의 장
애물인 거지를 먼저 치우라. 천당으로 보내든, 산채로 묶어 한
강에 띄우든……[8]

이제 막 근대와 전근대가 어쭙잖은 동거를 시작한 서울의 풍
광을 「심청」의 주인공은 이처럼 경멸해마지 않는다. 하루라도 빨리
훌륭한 양옥이 낡은 단층을 밀어내고 대도시로 개과천선해야 할
서울은 모던걸과 모던보이만의 세상이 아니다. 깍쟁이 거지가 문
화생활의 장애물로 버젓이 상점 앞을 점유하고 있으니 말이다. 서
울의 위신을 깎아내리는 그들에게 「심청」의 주인공이 심청을 부리
는 것은 자신이 또한 그들 거지와 다를 바 없는 존재임을 부정하고
싶은 심사에서다. 거지들이 룸펜프롤레타리아라면 자신은 룸펜인
텔리겐치아일터, 김유정의 어휘 사전에서 그들은 모두 '놈페이'로

등재될 인물이다. 독일의 '룸펜(Lumpen)'이라는 외래어의 발음이 변형되어 굳혀진 부랑자 혹은 실업자를 가리키는 강원도 사투리가 바로 '놈페이' 아니던가.

김유정의 소설은 읽는다기보다는 듣는다고 하는 편이 맞다. 유능한 독자임을 자부할라치면 귀명창이어야 한다는 이야기다. 이를 두고 『원본 김유정전집』 편찬한 전신재는 '유정은 말을 살리고, 사전은 말을 죽인다.'라고 단언한 바 있다. 이어 그는 "핏기 없는 표준어가 아니라 생생한 방언, 문어(文語)가 아니라 구어(口語), 구어체라기보다는 구연체(口演體)라고 해야 할 유정의 언어는 언어가 사물에서 독립해 나가는 것이 아니라 사물과 밀착하려는 점에서 값지게 느껴진다."[9]고 말한다. 「아내」에서 서술자로 등장하는 '남편'의 다음과 같은 사설을 들어보라.

> 게집 좋다는건 욕하고 치고 차고, 다 이러는 멋에 그렇게 치고보면 혹 궁한 살림에 쪼들리어 악에 받인 놈의 말일지는 모른다. 마는 누구나 다 일반이겟지, 가다가속이 맥맥하고 부하가 끓어오를 적이 있지 않냐. 농사는 지어도 남는것이 없고 빚에는 몰리고, 게다가 집에 들어스면 자식놈 킹킹거려, 년은 옷이 없으니 떨고있어 이러한 때 그냥 백일수야 있느냐. **트죽태죽**[10] 꼬집어 가지고 년의 비녀쪽을 턱 잡고는 한바탕 홀두들겨대는구나. 한참 그 지랄을 하고나면 등줄기에 땀이 뿍 흐르고 한숨까지 후, 돈다면 웬만치 속

이 가라앉을 때였다. 담에는 년을 도로 밀쳐버리고 담배 한대만
피어물면 된다.[11]

이렇듯 녹음기 없이도 김유정은 등장인물들의 육성을 그대로
녹음해낸다. 문자가 곧 녹음기였던 셈이다. 전신재가 갈파했듯이
그의 소설 언어는 언어라기보다는 목소리라고 하는 것이 맞다. 에
크리튀르(écriture), 곧 글말이 아닌 파롤(paroles, 입말)에 가깝다는 이
야기다. 정확히 말해 그것은 파롤로 전이된 에크리튀르일 것이다.
음성언어와 문자언어의 대립을 초월한 개념으로 데리다가 말한
'원(原)-에크리튀르'의 실체일지도 모른다. 그도 아니라면 시각화된
음성이라 함이 타당할 성싶다. 이 숱한 설명으로도 여전히 김유정
의 소설 언어는 불가사의로 남을 것이라 필자는 확신한다.
　　그렇다고 해서 김유정이 새로운 어휘를 만들거나 발굴해낸
것은 결코 아니다. 그는 자신이 듣고 자란 마을 사람들의 일상어를
존중했을 뿐이다. 그 폭은 다음과 같은 명사에서부터

* 농민이 서울사람에게 **꼬라리**[12]라는 별명으로 감잡히는 그
　리유는 무엇보다도 사투리에 잇을지니 사투리는 쓰지말지
　며 "합세"를 "하십니까"로 "하게유"를 "하오"로 고치되 말끗
　을 들지말지라. (「소낙비」 중에서)
* 그러나 **등걸잠**[13]에 익달한 그들은 천연스럽게 나란히 누어

주리차게 퍼붓는 밤비소리를 귀담어 듯고잇섯다. (『소낙비』 중에서)

* "저녁 **제누리**[14] 때 되엿슬걸 얼른빗고 가봐—"(『소낙비』중에서)

* "여보게들 오늘 참 **들쟁이**[15] 온것을 아나?"(『총각과 맹꽁이』중에서)

* **매팔짜**[16] 란 웅칠이의 팔짜이겟다. (『만무방』중에서)

아래 제시된 서술어에 이르기까지 대단히 넓다.

* 그는 자기도 한목볼려고 **끼룩어렷스나**[17] 좀체로 미천을만 들수가 업섯다. (『소낙비』 중에서)

* 다만 **애키는**[18] 것은 자기의 행실이 만약 남편에게 발각되는 나절에는 대매에 마저 죽을것이다. (『소낙비』중에서)

* "얘 이 살의때꼽좀 봐라 그래 물이흔한데 이것좀 못씻는단 말이냐? 하고 머처럼의 기분을 상한것이 **앵하단**[19] 듯이 꺼림한 기색으로 혀를채엿다. (『소낙비』중에서)

* 그리고 쇠돌아버이도 이게 웬뗑이냔듯이 안해를 내어논채 눈을 슬적감아버리고 리주사에게서 나는옷이나 입고 주는 쌀이나 먹고 년년이 신통치못한 자기 농사에는 한손을 떼고는 **히짜를 뽑는**[20] 것이 아닌가! (『소낙비』중에서)

* 어제밤 안해의 속곳과 그제밤 맷돌싹을 **훔으려낸**[21] 것이 죄다 탈로가 되엇구나, 생각하니 불쾌하기가 짝이 업다. (『솥』

중에서)

이들 사투리는 대개 지역적 개별성과 연계되어 있으면서 인물의 성격과 행위를 개성적으로 재현해내는 데 효과적인 원천이 된다. 특히 다음과 같은 부사어들과 능수능란하게 결합됨으로써 이야기가 자아내는 사실효과를 극대화한다.

* 뒤해만 잘하면 소한바리쯤은 **락자업시**[22] 떨어진다. (『총각과 맹꽁이』 중에서)
* 공석에서 벼루기는 들씰르며 등어리 정갱이를 **대구**[23] 쯧어 간다. (『총각과 맹꽁이』 중에서)
* 눈물은 급기야 싸칠한 웃수염을 거처 발등으로 **줄대**[24] 굴럿 다. (『총각과 맹꽁이』 중에서)
* "여보 자우? 이러나게유 **얼픈**[25] " (『산골나그네』 중에서)
* 거반 울상이되여 **허벙저벙**[26] 방안으로 들어왔다. (『산골나그 네』 중에서)

김유정의 언어는 오늘날 한국인에게 외국어나 다름없다. 그의 어휘 사전을 만들고, 시대적 문맥을 거슬러 올라가 읽는 행위 자체가 그의 소설세계를 이국의 탐방으로 여기고 있다는 반증이다. 유폐된 과거는 외국만큼 낯선 세계일 수밖에 없다. 아직 김유정의 언어는 그 세계에 갇혀 있다. 순우리말로 그가 전하는 이야기가 이토록 생생한데도 말이다. 김유정의 소설이 아닌, 김유정의 언어를 거들떠보아야 할 이유이자 의무가 여기에 있다.

■ 주

1 슬픈데 웃긴 상황을 나타나는 신조어. 표준어는 아니다.

2 시새우다. 자기보다 잘되거나 나은 사람을 공연히 미워하고 싫어하다.

3 과연 정말. ('짜장'의 경기도 방언)

4 깍정이가 변해서 된 말이다. 깍정이는 원래 서울 청계천과 마포 등지의 조산(造山)에서 기거하며 구걸을 하거나, 무덤을 옮겨 장사지낼 때 방상시(方相氏) 같은 행동을 하던 무뢰배(無賴輩)들을 일컫는 말이었다. 그러다가 첨차 그 뜻이 축소되어 이기적이고 얄밉게 행동하는 사람들을 일컫는 말로 쓰이게 되었다.
  * 방상시(方相氏) : 옛날에 임금의 행차, 사신의 영접, 궁중의 행사 등에서 하던 일종의 연극에서 악귀를 쫓는 역할을 맡은 사람을 말한다. 황금빛의 네 눈과 방울이 달린, 곰의 가죽을 씌운 큰 탈을 쓰고서 붉은 웃옷에 검은 치마를 입고 창과 방패를 들었다. 지금은 장례(葬禮)행사에서 무덤 속에 있는 악귀를 쫓는 역할을 하는 사람을 말한다.

5 비단 옷을 입은 여성을 뜻하는 것으로 추정된다. 당대 다른 용어로 '모던걸'쯤에 해당한다.

6 단장을 짚은 남성이라는 뜻으로 모던보이의 다른 이름이라 할 수 있다.

7 혹닥이다. 잔소리나 까다로운 요구를 하며 귀찮게 대들다

8 김유정, 「심청」, 『中央』, 朝鮮中央日報社, 1936. 1.

9 전신재, 「보정판 서문」, 『원본 김유정전집』, 강, 1997.

10 티적티적. 남의 흠이나 트집을 잡아 거슬리는 말로 자꾸 성가시게 구는 모양을
   나타내는 말.
11 김유정, 「안해」, 『四海公論』, 四海公論社, 1935. 12.
12 고라리. 시골고라리(어리석고 고집 센 시골 사람을 놀림조로 이르는 말).
13 깔고 덮을 것이 없이 옷을 입은 채 아무데나 쓰러져 자는 잠.
14 '곁두리(농사꾼이나 일꾼들이 끼니 외에 참참이 먹는 음식)'의 방언.
15 병에다 술을 담아 가지고 다니면서 술장사를 하는 사람 '들병장수'를 홀하게 이
   르는 말.
16 빈들빈들 놀면서도 먹고사는 일에 걱정이 없는 경우를 이르는 말.
17 무엇을 보거나 목구멍에 걸린 것을 삼키려고 목을 길게 빼어 앞으로 자꾸 내밀다
18 켕기다(잘못이 있거나 무언가 걸리는 구석이 있어서 편치 않게 되다)
19 기회를 놓치거나 손해를 보아서 분하고 아깝다.
20 가진 것이 없으면서 짐짓 분수에 넘치게 굴다.
21 남의 물건을 슬그머니 훔쳐 가지다.
22 조금도 다르지 않고 똑같다 '영락없다(零落--)'의 방언.
23 자꾸라는 의미의 강원도 사투리.
24 끊이지 않고 잇달아 계속.
25 얼른(시간을 오래 끌지 않고 곧바로)
26 마음이 급하여 어쩔 줄을 모르고 자꾸 서두르는 모양을 나타내는 말.

▶ 「동백꽃」(『조광』, 1936. 5)

'농촌소설'이라는 표제와 함께 발표된 「동백꽃」은 「봄·봄」과 함께 김유정의 대표작으로 알려져 있다. 두 작품 모두 교과서에 수록되면서 독자 대중에게 가장 인지도 높은 소설로 읽힌 결과다. 그러나 해학이 넘치는 이 두 작품은 김유정의 작품세계에서 예외적인 경우에 해당한다. 김유정의 대다수 작품은 경제적 궁핍으로 고향을 떠나 유랑하는 1930년대 농촌 하층민들의 비참한 삶을 그리고 있다.

▶『동백꽃』(세창서관, 1938)

사진은 김유정 단편집『동백꽃』의 표지로 이 작품집은 작자 사후 이듬해 '삼문사전집간행부'가〈세창서관〉에서 발간한 것이다. 이 작품집에는「동백꽃」을 비롯해 그의 대표작「금따는 콩밭」,「봄·봄」,「아내」,「산골나그네」,「만무방」등 21편의 단편이 수록되어 있다

▶ 영화〈땡볕〉(김유정 원작, 하명중 감독, 1984)

「땡볕」은 김유정의 마지막 작품으로 알려져 있다. 그는 죽기 한 달 전인 1937년 2월 잡지 『여성』에 이 작품을 발표했다. 그 대강의 줄거리를 보면 이렇다. 가난한 농부 '덕순'은 아내의 배에 이상이 있지만 병원에 데려가지 못하다 서울의 한 대학병원에서 특이한 병을 가진 환자를 연구 목적에서 무료로 치료해 주고 돈까지 준다는 말을 듣게 된다. 그는 땡볕 아래 아픈 아내를 지게에 지고 그 병원을 찾아간다. 그러나 아내의 병이 단순히 태아가 죽은 것으로 밝혀지면서 치료를 받기는커녕 큰 수술비에 절망한 채 아내를 다시 지게에 지고 돌아선다.

이 소설을 원작으로 하명중 감독은 1984년 동명의 영화를 제작해 제23회 대종상 촬영, 음악, 조명, 특별상(신인부문: 조용원), 각색부문상, 제21회 한국연극영화예술상 신인상(조용원), 제5회 영평상 남자연기상(하명중), 신인상(조용원), 베니스국제영화제 촬영상 등을 수상했다. 그리고 제35회 베를린 국제영화제에도 출품했다. 영화 〈땡볕〉에는 소설 「땡볕」 이외에도 김유정의 여타 단편들이 곁가지 이야기로 다수 엮여 있다.

▶ 『청색지』(청색지사, 1938. 6)

이상은 예술종합잡지 『청색지』에 단편 「김유정—소설체로 쓴 김유정론」을 발표한 바 있다. 이 작품에서 이상은 김유정의 인상을 다음과 같이 소개한다.

모자를 휙 벗어던지고, 두루마기도 마고자도 민첩하게 턱 벗어던지고, 두 팔 훌떡 부르걷고 주먹으로는 적의 볼따구니를, 발길로는 적의 사타구니를 격파하고도, 오히려 행유여력(行侑餘力)에 엉덩방아를 찧고야 그치는 희유(稀有)의 투사가 있으니 김유정이다.

이상은 이 글의 서두에서 자신의 절친한 동료 김기림, 박태원, 정지용, 김유정 네 사람을 고집 센 인사들로 소개하며, 그들의 교만하고 고집 센 예술적 기질을 흠모한다고 말한다. 하여 이들 성격의 순차적 차이가 있는 것에 재미를 느끼고 그것을 적확히 묘파해서 자신의 비교교우학을 결정적으로 여실히 보여주겠노라는 비장한 복안을 밝힌다. 그 구체적인 방법이 바로 이들 인물을 주인공으로 소설을 쓰는 일이었거니와, 그 첫 대상이 김유정이었다. 다음의 인용글은 김유정을 향한 이상의 격정과 애정이 배여 있는 「김유정 편」의 한 대목이다.

> 유정은 폐가 거의 결딴이 나다시피 못 쓰게 되었다. 그가 웃통 벗
> 을 것을 보았는데, 기구한 수신(瘦身)이 나와 비슷하다. 늘
> "김형이 그저 두 달만 약주를 끊었으면 건강해질텐데."
> 해도 막무가내더니, 지난 7월달부터 마음을 돌려 정릉리 어느 절
> 간에 숨어 정양중이라니, 추풍(秋風)이 점기(漸起)에 건강한 유
> 정을 맞을 생각을 하면, 나도 함께 기쁘다.

이상은 일본으로 떠나기 앞서 유정을 찾아가 '신성불가침의 찬란한 정사(情死)'를 제안한다. 그러나 유정은 앞가슴을 풀어헤쳐 앙

상하게 드러난 뼈를 보이며, "명일(明日)의 희망이 이글이글 끓습니다."라는 말로 단호히 거부한다. 그 후 유정의 병세는 더욱 악화되었다. 그럴수록 유정은 "닭 삼십 마리를 고아 먹고 땅꾼을 사서 살모사와 구렁이를 십여 마리 달여 먹겠다."고 친구 안회남에게 편지를 띄우며 생의 의지를 다졌다. 그러나 유정은 끝내 답장을 받지 못했다. 답장에 앞서 죽음이 먼저 도착했던 것이다.

한 세기 전
어느
강남좌파의
귀향

그녀는 "버터 먹을 줄 모르는 사람같이 불쌍한 사람은 세상에 없을 거"라고 탄식하며 "백화점에 들려 늘 하는 버릇으로 막연히 찬란한 층층을 한바퀴 돈 후 식당에서 차를 마시고 나와 다시 단골로 다니는 조촐한 다방 아리랑에 들려 진한 코오피"를 청해 마신다. 그녀는 '강남좌파'다. 「메밀꽃 필 무렵」의 작자 이효석이 1933년 잡지 『신여성』에 연재한 미완의 장편 『주리야』에 등장하는 여주인공 '주리야'가 바로 그녀다. 독자들이여! 믿기는가? 좌파적이면서 생활수준은 강남 주민과 유사한 우리 시대 일군의 지식인이 한 세기 전에도 존재했다는 사실이. 더욱 놀라운 것은 그와 같은 인물을 그려낸 이효석의 혜안이다. '김영애'라는 본명의 이 주리야는 집안에서 강요한 정략결혼을 거부하고 가출한 고등여학교 출신의 좌경 여성이다. 그녀는 현재 좌익운동가 '주화'와 동거생활을 하며 성을 탐닉하는 데 빠져 있다. 그들이 함께 보내는 시간의 한 대목을 엿보건대 이렇다.

윗목에 친 검은 막 속에서 옷을 벗고 나오는 오늘밤의 주리야의 자태는 평소와는 조금 달랐다. 찬란한 나체에 포도 잎새 한 잎 붙이지 않고 막 속에서 뛰어나와 주화의 앞에 나타났던 그가 오늘은 포도 잎새 아닌 한 권의 책으로 앞을 가리고 나타났다. 주화의 앞에 웬일인지 별안간 부끄러운 생각이 났던 것이다. 포도 잎새 대신으로 쓴 그 책은 자본론의 한 권이었다.[1]

1920년대 말 조선의 프롤레타리아 문학 단체였던 카프 (KAPF)에 가담하지는 않았으나 사상적으로 그들에게 동조한 '동반자작가'의 한 사람이었던 이효석은 바로 미완에 그친 『주리야』의 창작을 전환으로 동반자작가로서의 활동을 접는다. 『주리야』에 앞서 발표한 「프렐류드-여기에도 한 서곡이 있다」(1931~1932)에도 '주화'가 등장한다. 생활고에 시달리는 마르크시스트 주화는 사상적 회의와 함께 자살을 결심하고 『자본론』을 처분하여 다량의 수면제를 산다. 그러나 집에 돌아오는 길에 좌익 전단지를 뿌리고 있는 공장 노동자 '주남죽'을 만나 다시금 공산주의운동에 투신하기로 마음을 고쳐먹는다. 이러했던 주화가 『주리야』에서 성적 쾌락에 빠져 좌익이념을 우롱하기까지 한 데는 그 사이 작자 이효석의 신변에 적지 않은 변화가 있었기 때문이다. 이효석은 1930년 대학 졸업 후 취직에 실패하여 극심한 생활고에 시달렸다. 그런 그가 1931년 그러니까 『주리야』 발표 직전 총독부 경무국에 취직함으로써 친일인사로 전향 아닌 전향을 한 것이다.

젊은 날 이효석의 이념적 방황은 그렇게 일단락되었다. 그 후 이효석의 행보는 어떠했을까? 봉평장에서 우연히 만난 장돌뱅이 '동이'가 '허생원' 자신이 '성서방'네 처녀와의 하룻밤 인연으로 낳은 아들임을 알게 되는 「메밀꽃 필 무렵」의 저 유명한 한 장면 — 산허리는 온통 메밀밭이어서 피기 시작한 꽃이 소금을 뿌린 듯이 흐뭇한 달빛에 숨이 막힐 지경 — 그 극도의 서정세계로 이효석은 나아갔다. 서사, 곧 이야기보다는 서정, 곧 묘사에 더 큰 힘을 기울인 그의 글쓰기는 이로써 잉태됐다. 그리고 그 필치는 「메밀꽃 필 무렵」과 함께 '영서삼부작'으로 불리는 「개살구」, 「산협」에 이르러 만개한다. 그 같은 역량을 유감없이 발휘하기 앞서 이효석은 1936년 습작에 가까운 소품들을 발표한 바 있다. 단편 「산」과 「들」 두 작품이 그것이다.

> 돌을 집어 던지면 깨금 알같이 오드득 깨어질 듯한 맑은 하늘. 물고기 등같이 푸르다. 높게 뜬 조각구름 떼가 해변에 뿌려진 조개껍질같이 유난스럽게도 한편에 옹졸봉졸 몰려들었다. 높은 산등이라 하늘이 가까우련만 마을에서 볼 때와 일반으로 멀다. 구만 리일까. 십만 리일까. 골짝에서의 생각으로는 산기슭에만 오르면 만져질 듯하던 것이 산허리에 나서면 단번에 구만 리를 내빼는 가을 하늘.[2]

한 편의 시적 서정으로 가득찬 위와 같은 묘사는 아이러니하게도 이효석의 불후했던 어린 시절에 뿌리가 닿아 있다. 강원도 봉평 출신인 그가 다섯 살 때 모친과 사별하자 부친은 곧 재혼한다. 이후 그는 계모와 심한 불화를 겪었다. 「메밀꽃 필 무렵」의 동이처럼 고아나 다름없이 일찍 가족을 등진다. 이러한 이효석의 전기적 사실에 비추어 보건대, 그의 소설 창작은 유년의 상처를 치유하기 위한 방편이자 고향 상실감을 스스로 채워나간 여정이었을 터다. 그러나 이효석이 기억해낸, 아니 스스로 빚어낸 고향은 그렇듯 애틋한 노스탤지어의 세계만은 아니었다. 영서삼부작의 대미를 장식한 「산협」의 무대는 「산」과 「들」에 그려진 세계와 같은 아름다운 전원이다. 거기엔 전통적인 생활상이 여전하다. 하지만 그 서정의 시공간에서 그들의 삶은 봉건적인 윤리에 갇혀 비애스럽기 그지없다.

고향을 향한 이효석의 사무친 그리움이 절절히 배어 있는 작품이 「산협」이다. 이 작품의 주인공 '공재도'는 자식을 얻기 위해 생질 '안증근'이 씨름대회에서 타온 소를 팔아 대장장이의 아내 '원주댁'을 산골마을로 데려온다. 공재도는 아내 '송씨'를 생산능력이 없는 석녀(石女)라는 뜻으로 '돌소'라 힐난하나, 생산능력이 없는 것은 도리어 그다. 그러나 자신은 이를 전연 의심하지 않는다. 공교롭게도 원주댁이 아이를 가진지 얼마 되지 않아 점쟁이의 말을 믿고 절에 보내 백일치성을 드리게 한 송씨 역시 아이를 갖는다. 송씨는 실은 생질 증근과의 불륜으로 임신한 것이었다. 그 사실을 추후도 의심하지 않은 공재도는 마을잔치까지 벌이며 자신이 조상에게 도리를 다하게 된 것을 기뻐한다. 원주댁의 해산 무렵 전 남편 대장장이가 아내를 되사겠다며 공재도를 찾아온다. 그리고 급기야 원주댁이 임신한 아이가 자신의 소생이라며 일방적으로 통보한 후 그녀와 마을 근처에 살림을 차린다. 한편 송씨가 낳은 아이는 달을 넘기자 곧 죽고 만다. 그 과정에서 송씨는 두 번이나 자살을 시도하고, 외숙모와의 불륜에 괴로워하던 증근은 어느 날 남몰래 마을을 떠난다. 그렇게 공재도의 후사 보기는 실패로 돌아가고 만다.

이 같은 내용의 「산협」을 비롯하여 영서삼부작에서 이효석은 혈연과 고향, 전통적인 생활 문화 등을 창작의 주요한 모티프로 수용한다. 어느 평자의 말처럼 낭만적 심미주의, 구라파주의로부터 '조선주의'로 이행한 창작 이력의 정점에 영서삼부작이 놓여 있는 것이다. 향토와 서정이라는 단어로 오늘날 독자대중이 기억하는 이효석 소설문학의 고유색이 있다면, 바로 이 대목에서일 것이다. 물론 이에 못지않게 이효석에게는 '에로티시즘 작가'라는 세간의 칭호가 늘 따라붙었다. 이에 작자 스스로가 나서 "비록 애욕의 주제를 취급은 하여 왔어도 그 어느 작품에나 비속한 대문은 없었으며 티끌만큼도 부끄러워할 문자가 없었음을 장담한다."[3] 라고 강변한다. 그러나 그의 후기작 『화분』과 『벽공무한』에까지 계속되는 에로티시즘은 생명력과 데카당스(퇴폐미), 그 양가적 지향을 동시에 보여준다. 그와 같은 분열된 심미안이 서구문화에 깊이 젖었던 이효석 특유의 심상지리(imagined geographies)였으리라는 의심에 그가 일본어로 쓴 소설 「은은한 빛」 속 다음과 같은 장면이 실토하고 있다.

치즈와 된장. 자넨 어느 게 구미에 맞던가? 만주 등지를 일주일 넘게 여행하고 집에 돌아왔을 때, 뭐가 제일 맛있던가? 조선 된장과 김치 아니었나? 그런 걸 누구한테 배운단 말인가? 체질의 문제네. 풍토의 문제인 거지. 자네들의 그 천박한 모방주의

만큼 같잖고 경멸할 만한 건 없다네.[4]

낙엽을 태우며 커피 내음을 떠올리던 이 구라파주의자는 묘사에 능했던 글쟁이였다. 그런 만큼 어찌씨와 그림씨, 움직씨를 부리는 데 타고난 감각을 보여주었다. 그 몇몇을 이에 추려본다.

* 헐수할수 없다: 어떻게 해볼 도리가 없다. 매우 가난하여 살아갈 길이 막막하다.
* 쟁그럽다: 보거나 만지기에 소름이 끼칠 정도로 조금 흉하거나 끔찍하다.
* 푸낭하다: 생김새가 좀 두툼하다.
* 대근하다: 견디기가 어지간히 힘들고 만만하지 않다.
* 츨츨하다: 보기에 싱싱하여 질이 좋다. 씩씩하여 보기 좋다.
* 사박스럽다: 성질이 보기에 독살스럽고 야멸친 데가 있다.
* 잔지누룩하다: 소란하거나 시끄럽지 아니하고 진정되어 잔잔하다.
* 데설데설: 성질이 털털하여 꼼꼼하지 못한 모양.
* 따짝거리다: 손톱이나 칼끝 따위로 조금씩 자꾸 뜯거나 진집을 내다.
* 지릅뜨다: 고개를 수그리고 눈을 치올려서 뜨다. 눈을 크게 부릅뜨다.[5]

■ 주

1 이효석, 『이효석전집』 4, 창미사, 1983, 35쪽.
2 이효석, 「산」, 『이효석 단편선 메밀꽃 필 무렵』, 서준섭 편, 문학과지성사, 2007,
   158쪽.
3 이효석, 「健康한 生命力의 追求-卑俗하게 鑑賞함은 讀者의 허물」, ≪조선일보≫,
   1938. 3. 6.
4 이효석, 「은은한 빛」, 『은빛 송어』, 김남극 엮음, 송태욱 옮김, 해토, 2005, 56~57쪽.
5 다음 책의 주를 참고함.
   이효석, 『이효석 단편선 메밀꽃 필 무렵』, 서준섭 편, 문학과지성사, 2007.

▶ 「산」eBOOK(올벗, 2017)

「산」은 1936년 이효석이 『삼천리』에 발표한 단편소설이다. 이 작품은 향토 속에서 자연과 교감하며 행복을 느끼는 인간에 관한 서사시다. '김영감'네 집에서 머슴살이를 하던 '중실이'는 '김영감'의 첩을 건드렸다는 이유로 쫓겨난다. 실은 늙은 '김영감'이 지레 겁이 나서 젊은 첩과 머슴을 의심한 것으로 중실이에게는 아무런 잘못이 없었다. 마을과 이웃 사람들이 귀찮아진 중실이는 결국 산으로 들어간다. 그곳에서 그는 개꿀을 따먹고 산불에 타죽은 노루고기를 먹으면서 가랑잎 위에서 잠들곤 한다. 그런 중실이는 사람보다도 소금이 그리웠다. 해서 나뭇짐을 해 소금을 샀다. 중실이는 김영감의 첩이 '최서기'와 도망쳤다는 이야기를 장에서 듣게 된다. 그날 저녁 '중실이'는 숲에 누워 평소 마음에 둔 '용녀'를 데리고 와 살 궁리 속에 잠이 든다. 이렇듯 대자연의 품에서 행복을 느끼는 주인공 중실이를 통해 이효석은 인위적인 사회제도를 우회적으로 비판한다. 향토 내음 깊게 밴 우리말의 잔치라 할 이 작품은 이효석의 대표작 '영서삼부작 「메밀꽃 필 무렵」, 「개살구」, 「산협」)'의 밑그림이기도 하다.

▶「메밀꽃 필 무렵」(『조광』, 1936. 10)

「메밀꽃 필 무렵」이 발표된 잡지 『조광』 1937년 10월호에는 또 하나의 영서삼부작 「개살구」가 게재된다. 같은 영서삼부작의 하나인 「산협」과 마찬가지로 정주민의 세계를 다루고 있는 이 작품은 '진부'가 그 공간적 배경이다. 실제로 이효석 일가는 봉평에서 진부로 이사했고, 부친이 그곳에서 면장을 지냈다. 이러한 작가의 유년 경험을 바탕으로 창작된 「개살구」는 농사꾼 출신의 '김형태'라는 인물의 졸부 행태를 비판적 시선으로 그린 작품이다. 오대산 물푸레나무 벌채로 큰돈을 번 김형태는 면장 자리까지 넘보며 비열한 술책으로 현직의 '최면장'을 곤경에 빠뜨린다. 그 와중에 그는 두 번째 첩으로 '서울집'을 들인다. 서울집은 형태의 아들 '재수'와 불륜에 빠지는데,

그 장면이 서울집으로 살구 서리를 갔던 마을 처녀의 눈에 그만 띄고 만다. 결국 마을 전체로 소문이 퍼지자 형태의 부인은 남편 몰래 큰돈을 쥐어줘 아들을 서울로 도망시킨다.

▶ 춘천아트페스티벌 연극 〈산협〉 공연(축제극장 몸짓, 2016. 8. 5~6)

이효석의 단편소설 「산협」 원작의 연극 〈산협〉이 2016년 〈춘천아트페스티벌〉의 기획으로 춘천 축제극장 몸짓 무대에 오른 바 있다. 〈춘천아트페스티벌〉이 2014년 〈메밀꽃 필 무렵〉을 시작으로 이효석의 고향인 강원도를 배경 삼은 영서삼부작의 공연 프로젝트 중 두 번째 작품이었다. 연극 〈산협〉은 장대한 이야기 속 등장인물들의 엇갈린 운명을 친절하고 유쾌하게 풀어냈다. 이효석이 오늘날의 독자와 재회한 공연이었다.

「오리온과 능금」(1932), 『주리야』(1933) 등 이효석은 자신의 소설에서 할리우드 영화를 빈번히 언급하고 있다. 이러한 소설 속 여성들은 '능금'으로 은유되고 있는데, 할리우드 영화 〈모로코〉(1930)가 바로 그 출처다. 이 능금의 수사학은 성의 자본주의적 악용과 전유의 산물로 의미화된 데서 나아가 할리우드가 지배하는 세계에 대한 은유로

▶ 영화 〈화분〉(하길종 감독, 1972)

확장되기에 이른다.[1] 이처럼 이효석은 서구 영화에서 자신이 추구한 에로티시즘의 문법, 곧 '능금의 수사학'을 빌려왔다. 그의 사후 그의 대표작 『화분』(인문사, 1939)이 영화화된 사실은 기묘한 인연이 아닐 수 없다.

[1]   전우형, 「이효석 소설의 할리우드 표상과 유럽 영화라는 상상의 공동체」, 『대중서사연구』 30, 2013, 470쪽.

1972년 하길종은 이효석의 『화분』을 원작으로 영화 〈화분〉을 제작한다. 단편 「돈(豚)」과 함께 이효석 에로티시즘 문학을 대표하는 작품이 장편 『화분』이다. 영화 〈화분〉은 소설 『화분』과 사뭇 다르다. 소설이 등장인물 간의 복잡하게 얽힌 애욕의 난마를 그리는 데 방점을 찍고 있다면, 영화는 상징적인 장면들을 통해 욕망으로 점철된 갈등을 비극적 최후로 이끌어나간다. 그 단적인 차이의 하나로 음악교사이자 피아니스트 '영훈'이라는 인물이 영화에는 등장하지 않는다. 소설은 서로의 진실한 사랑을 확인한 '미란'과 영훈이 예술의 완성을 위해 구라파 음악의 전통이 살아 있다는 하얼빈으로 여행을 떠나며 끝난다. 영화는 다음과 같이 이를 새롭게 각색했다.

서울 근교의 '푸른 집'이라 불리는 한 한옥에 세란과 그녀의 여동생 미란, 그리고 식모 옥녀가 함께 살고 있다. 세란은 현마의 첩이었다. 어느 날 현마는 푸른 집에 새로 고용한 비서 단주를 데리고 온다. 미란은 그 단주와 사랑에 빠진다. 그 사실을 알게 된 현마는 거리의 고아였던 단주를 데려다 키워준 자신을 배신했다며 분노한다. 이에 단주는 회사를 그만두고 미란과 도피 여행을 떠난다. 그러나 현마는 끝내 단주를 찾아내 실신 상태에 이를 정도로 구타한 후 푸른 집 골방에 감금한다. 그렇게 감히게 된 단주는 옥녀와 이상한 관계에 빠진다. 애란 역시 단주를 향한 욕망의 환상에 빠진다. 마침내 현마가 연 파티에 빚쟁이들이 들이닥치면 푸른 집은 아수라장으로 변한다. 애란은 딸 꾹질과 함께 최후를 맞고, 단주는 패덕한 의상을 벗어 던지며 푸른 집으로부터 벗어난다.

강경애는
김좌진 장군의
　암살 공범
이었나?

2005년 문화관광부가 '3월의 문화인물'로 소설가 강경애(1906~1944)를 발표하자 논란이 일었다. 강경애가 백야 김좌진(白冶 金佐鎭·1889~1930)의 암살 교사 공범이라는 주장이 일각에서 제기되었기 때문이다. 하얼빈영사관 경찰부 소속 마쓰시마(松島) 형사의 회유에 넘어간 강경애와 김봉환(金奉煥·일명 김일성)이 공산계 급진주의자인 박상실을 사주해 김좌진을 암살했다는 것이다. 이에 명백한 사실 증거를 확인할 수 없다는 해당 기관의 답변이 제시되었고, 강경애는 문화인물로 최종 선정됐다. 강경애가 과연 김좌진 암살에 관여했는지를 판단하기는 어려우나, 이 무렵 김봉환과 동거 중이었다는 사실은 분명하다. 논란은 그로부터 파생된 것이었다. 검거된 김봉환을 구해내기 위해 강경애가 먼저 변절했고, 뒤 이어 그녀의 설득으로 일경의 제안을 받아들인 김봉환이 체포된 후 곧 바로 풀려나 암살을 실행에 옮겼다는 것이 강경애 공범설을 제기한 측의 주장이다. 일제가 허영숙을 이용해 상해 임시정부로 떠난 이광수를 조선 반도로 귀환시킨 후 친일에 앞장서게 한 사건의 복사판을 보는 듯하다. 만약 사실이라면 사랑을 위해 양심을 저버린 이들의 애정행각보다 더 극적인 로맨스를 우리 소설문학에서조차 찾기 쉽지 않을 일이다.

우리나라 전 지역에 걸쳐 전승되어 온 설화 중에 '장자못 설화'가 있다. 인색하고 포악하기 그지없는 부자가 동냥 온 중에게 쌀 대신 쇠똥을 바랑에 넣어 주는 것을 보고 며느리가 몰래 쌀을 주자 중은 "당신이 살려면 지금 나를 따라오되 절대로 뒤돌아보지 말라."고 말한다. 그러나 집을 떠나 산으로 오르던 순간 들린 이상한 소리에 며느리는 그만 뒤를 돌아보고 만다. 자신이 살던 집이 어느새 못에 잠긴 것을 보고 놀란 며느리는 그 자리에서 이내 돌로 변해 버렸다. 강경애는 자신의 대표작 『인간문제』를 이 장자못 설화를 변형한 '원소(怨沼) 전설'로 시작한다. 오래 전 마을에 흉년이 들자 마을사람들은 부자 장자첨지에게 곳간을 열어줄 것을 애원했다. 그러나 장자첨지는 그들의 청에 귀 닫았고, 도리어 곳간에서 쌀을 실어내간 이들을 관가에 알려 잡아가게 했다. 이에 마을사람들이 흘린 원한의 눈물이 장자첨지의 집을 삼키어 원소를 이룬 것이다. 희곡으로 치자면 경개(梗槪), 곧 작품 전체의 내용 요약이라 할 이 전설은 『인간문제』의 주제의식을 상징적으로 암시하거니와, 이에는 계급갈등의 유구한 역사가 집약되어 있다.

원소 전설이 서려 있는 『인간문제』의 용연 마을에는 장자첨지와 같은 지주 '정덕호'가 살고 있다. 정덕호는 서울로 보내 공부시켜 주겠다는 감언으로 여종 '선비'를 속여 정조를 유린한다. 그러던 어느 날 정덕호의 딸 '옥점'이 연모하는 대학생 '신철'을 집으로 데려온다. 신철은 옥점보다 선비에게 더 마음이 끌리나 그 사실을 고백하지 못한 채 서울로 돌아간다. 한편 평소 선비를 홀로 사모해오던 매음녀의 아들 '첫째'는 타작마당에서 지주 정덕호의 횡포에 항의하다 부치던 논을 떼이고 고향을 떠나 인천의 부두 노동자가 된다. 정덕호의 학대를 견딜 수 없었던 선비 또한 정덕호의 첩 '간난

이'와 함께 마을을 도망쳐 일본인이 경영하는 인천의 방적공장에 취직한다. 그 무렵 옥점과 결혼하라는 집안의 강권에 시달리던 신철은 가출해 노동운동가로 변신한다. 그가 첫 임무를 맡게 된 곳은 첫째와 선비가 있는 인천이었다. 그곳에서 신철은 첫째의 계급의식을 각성시킨다. 마침내 두 사람이 주도하여 부두 노동자 파업을 일으키나 경찰의 탄압으로 해산되면서 체포되고 만다. 신철은 감옥에서 만난 대학 친구의 회유에 전향하고, 출옥 후 옥점과 결혼한다. 한편 선비는 조직의 지령에 따라 간난이를 공장에서 탈출시키며 적극적으로 지하 활동을 벌인다. 그러나 비인간적인 노동에 혹사당한 선비는 결국 폐결핵으로 죽는다. 신철과 달리 감옥 생활을 꿋꿋이 이겨내고 출옥한 첫째는 선비의 싸늘한 주검을 안고서 신철 같은 지식인과 자신과 같은 노동자 사이에 놓인 계급의 장벽을 목도한다. 그리고 선비의 시체가 시커먼 뭉치로 변하는 것을 보면서 그것이 몇 천만 년을 두고 인간이 해결하려고 노력하여온 '인간문제'임을 깨닫는다. 마을사람들의 원한이 지주에 대한 응징으로 귀결되었던 원소 전설과 달리 선비와 첫째로 대표되는 기층민중의 저항은 그렇게 좌절된다. 이렇듯 두 서사의 대조적 결말을 통해 강경애는 설화적 세계의 환상으로부터 당대의 냉혹한 현실로 독자의 시선을 이끈다.

『인간문제』는 1930대 조선의 현실에 대한 가감 없는 르포르타주로 읽힌다. 그 사실적 재현은 지주와 소작농, 자본가와 노동자

간 계급모순에 더불어 일본 제국주의와 피식민 조선인의 민족모순을 가로질러 펼쳐진다. 이 두 모순은 빈곤 때문에 지주의 첩이 되거나 성적 학대에 시달려야 했던 여성들의 일상을 관통하고 있다. 그렇듯 『인간문제』는 피식민 여성 노동자로서 삼중의 굴레에 갇힌 하위주체의 목소리를 대변한다. 이 작품은 일본군의 잔혹한 토벌을 묘사한 「유무」(1934)로부터 간도 조선인들의 참혹한 삶과 항일 유격대의 모습을 그린 『소금』(1934), 1930년대 초의 항일무장조직의 와해로 전향한 이들과 남겨진 가족들의 고난 및 기상을 그린 「모자」(1935), 「번뇌」(1935), 「어둠」(1937), 그리고 식민지 조선의 궁핍상을 극한의 묘사로 파헤친 「지하촌」(1936)으로 이어지는 강경애 후기 창작의 발화점이자 예고편이었다.

항일 무장투쟁의 중심지 간도에서, 그리고 중앙문단의 외면 속에서 리얼리즘 문학의 정수로 남을 창작을 일궈냈다는 사실만으로도 강경애가 한국문학사에서 차지하는 위상은 가히 독보적이다. 『인간문제』의 여주인공 선비가 용연마을을 떠나던 날 밤, 앞으로 닥칠 시련을 예감하며 어둠의 공포를 정면으로 응시하는 다음의 장면이 그 물증의 하나다.

그날 밤! 선비는 봇짐을 옆에 끼고 덕호의 집을 벗어났다. 사방은 먹칠을 한 듯이 캄캄하였다. 그리고 낮에부터 쏟아질 줄 알았던 비는 쏟아지지 않으나 바람만 슬슬 불기 시작하였다.

선비는 읍으로 가는 신작로에 올라섰다. 선들선들한 바람이 그
의 타는 볼 위에 후끈후끈 부딪치고 지나친다.

저편 동쪽 하늘에는 번갯불이 번쩍 일어서 한참이나 산과 산
을 발갛게 비추어주었다. 그때마다 우루루…… 타는 소리가 들
린다. 선비는 전 같으면 이런 것들이 무서우련만 이 순간 그에
게 있어서 아무것도 두려울 것이 없었다. 그는 죽음으로써 모
든 것을 당하리라고 최후의 결심을 굳게 하였던 것이다.[1]

고향을 떠나 도시 노동자가 될 수밖에 없는 선비의 운명을 예
고한 이 장면은 전형적인 상황에서의 전형적인 인물의 형상화라
는 리얼리즘 창작 미학을 애써 들먹이건대, 가히 압권이라 할 만한
다. 이처럼 사실적인 묘사에 집중한 강경애의 문체는 건조하다 싶
을 만큼 담박하다. 어휘의 선별과 표현의 독창성을 고심하기보다
는 서술에 긴장과 속도를 부여하는 데 전념한 결과다. 위에 인용
된 장면에서 보듯 감각적 소리시늉말과 꼴시늉말의 사용이 빈발하
는 상황이 그 증거다. 문제적 상황에 던져진 문제적 인간의 이야기
로 발명된 근대소설, 그 가운데서도 사실적 재현에 승부수를 띄웠
던 리얼리즘 창작의 경우 이는 선택의 여지가 없는 서술기법이다.
이러한 이유에서 강경애의 소설은 굳이 조선어로 써내려가지 않아
도 무방했을 터다. 그녀 역시 모국어로서의 조선어에 특별한 의미
를 부여한 흔적을 남기지 않았다. 이를 마치 지지라도 하듯 『인간

문제』는 구소련에서 1955년 러시아말로 번역되었고, 2006년에는 일본어로 출간되었다. 한국문학의 번역사에 이러한 전례가 있었던가. 과문한 필자는 찾지 못했다. 북한에서는 강경애 사후인 1949년 처음 출판된 이래 개작본이 출간되기도 했다. 놀랍게도 1970년 남한에서도 출간되었다. 〈성음사〉에서 간행된 이 판본에서 신철은 전향하지 않고 선비에 대한 연정을 끝까지 간직하는 인물로 등장한다. 냉전시대 정치적 외압에 원작이 훼손된 것이다. 이 작품의 굴곡진 생존기와는 별개로 월북문인들의 작품이 해금되기 한참 이전 출간되었다는 사실 자체가 묘한 흥분을 자아낸다. '계급모순은 비단 일국의 문제가 아닌 인간문제였던 바, 그것은 만국의 언어로 탐구되어야 마땅한 인류의 오랜 과제다.' 필자 마음대로 해독한 『인간문제』의 이 최후진술이 그때 그랬듯이 지금도 여전히 유효해서인가, 묻지 않을 수 없다.

■ 주

1 강경애, 『인간문제』, 최원식 편, 문학과지성사, 2006, 254쪽.

▶ 김좌진 암살 사건에 관한
≪조선일보≫ 기사

1930년 1월 24일(음력 12월 25일), 만주에서 독립운동을 전개하던 김좌진 장군이 정미소에서 일명 '박상실'의 총에 맞아 쓰러진다. 김좌진 살해 직후부터 살해자는 '고려공산청년회'의 일원이며 '재중한인청년동맹'원인 박상실로 지목되었고, 배후자로 김봉환이 거론되었다.

≪동아일보≫ 연재 당시 「작가의 말」을 통해 강경애는 『인간문제』 창작의 변을 다음과 같이 밝혔다.

▶ 강경애의 육필과 『인간문제』
연재 예고(≪동아일보≫, 1934. 7. 31.)

인간 사회에는 늘 새로운 문제가 생기며 인간은 이 문제를 해결하기 위하여 투쟁함으로써 발전될 것입니다. 대개 인간 문제라면 근본적 문제와 지엽적 문제로 나눠 볼 수가 있을 것이니, 나는 이 작품에서 이 시대에 있어서의 인간의 근본 문제를 포착하여 이 문제를 해결할 요소와 힘을 구비한 인간이 누구며, 또 그 인간으로서의 갈 바를 지적하려고 노력하였습니다.

당시 작가 강경애가 세계를 바라보는 시각은 이「작가의 말」에 압축되어 있다. 그녀는『인간문제』의 연재에서 지엽적 문제가 아닌 근본적인 문제를 포착하겠다고 말한다. 강경애가 당대 현실의 인간 문제에서 가장 근본적인 문제로 이해한 것은 식민지 부르주아와 노동계급의 갈등이었다. 그녀는 이 갈등이 노동계급의 단결에 의해서만 극복될 수 있다고 확신했다.

▶『인간문제 1회』, 《동아일보》, 1934. 8. 1.

아래 인용된 대목은 부두 노동자들의 파업 장면이다. 단결을 통해 자신들이 가진 힘을 새롭게 깨달은 노동자들의 감정이 인천항의 정경에 그대로 투사되고 있다. 이 소설의 전체 주제를 상징적인 풍경으로 처리한 탁월한 장면이다.

해가 벌겋게 타올랐다. 그들은 저 해를 바라보면서 단결의 힘이란 얼마나 위대함을 깨달았다. 그리고 오늘의 저 햇발은 그들의 이

단결함을 보기 위하여 저렇게 씩씩하게 솟아오르는 듯하였다. 그
들은 저 햇발에 비치어 빛나는 저 바다 물결을 온 가슴에 안은 듯
하였다. 그리고 그들의 눈에 비치는 모든 만물은 새로움을 가지고
그들을 맞는 듯하였다. 동시에 무력하고 성명 없던 자기들이 오늘
이 순간에는 이 우주를 지배하는 모든 권리란 권리는 다 가진 듯이
생각되었다. 자기들이 단결함으로써 이러하고 있으니 기세를 부
리던 백동테 안경을 위시하여 기선의 기중기며 선원들까지 아주
동작을 잃어버리고 깜짝하지 못하였다

강경애는 해방 전 신문에 연재했던 이 작품을 단행본으로 출간
하려고 계획했다. 연재 종료 후 『삼천리』 광고란에 『인간문제』 단행
본 출판 계획 광고가 실리기도 했으나, 일제의 검열과 열악한 출판
사정 탓에 실제 출간되지는 못했다. 강경애와 동지적 관계를 유지하
면서 그녀가 쓴 원고를 최초로 읽고 조언해 준 남편 장하일이 해방
전후의 어수선한 상황에서도 아내의 작품을 가지고 있다가 단행본
으로 상재했다. .

작가 사후인 1949년 강경애의 남편 장하일이 부주필로 있던 북
한 ≪노동신문사≫에서 단행본으로 출간되었는데, 작가가 퇴고한 것

▶ 『현대조선문학선집』
(조선작가동맹출판사, 1959)

으로 보이는 부분 첨삭이 눈에 띈다. 이후 이 작품은 남한과 북한에서 체제 유지를 위한 목적으로 개작 출판되었다. 북한의 경우 1959년 〈조선작가동맹출판사〉에서 간행된 『현대조선문학선집』 14권에 실리면서 개작되었다. 남한의 경우 1988년 〈태학사〉에서 영인한 『한국근대단편소설대계』 2권에 《동아일보》 연재본이 수록되었다. 1999년 〈소명출판사〉에서 간행한 『강경애 전집』은 북한 《노동신문사》에서 출간한 단행본 초판을 저본으로 삼았다.

▶ 1935년 동양방적 전경

일제강점기 대공장 노동 착취를 그린 작품으로 강경애의 『인간 문제』가 대표적이다. 이 작품에 등장하는 대동방적 공장은 인천 만석동에 실재했던 동양방적(현 동일방직)

을 그린 것이다. 동양방적은 북성포구에 연해 있던 대성목재와 좁은
골목길을 사이에 두고 붙어 있었다. 소설은 주인공 '첫째'가 공장 굴
뚝 짓는 공사 인부로 일하는 장면을 아주 사실적으로 그리고 있다.

▶ 일제시대 제사공장 여성 노동자의 모습

첫째는 흙짐을 지고 끙 하고 일어나며 멀리 대동방적공장의 연돌
을 바라보았다. 여전히 검은 연기가 풀풀 흘러나온다. 하늘을 찌
를 듯이 올라간 저 연돌! 그는 바라보기만 하여도 아뜩하였다. 그
가 대동방적공장이 낙성할 때까지 거의 매일 인부로 채용이 되었
다. 그때 그는 그 공장 건축만은 아무러한 위험을 느끼지 않았으
나 저 연돌을 쌓아 올라갈 때 벽돌 나르던 생각을 하면 지금도 앞
이 아찔아찔하고 핑핑 도는 듯하였다.

『인간문제』는 1932년 만석동에 일본인 기업 동양방적 공장이 세워질 때부터 1935년 1월에 일어난 노동자 의식화 유인물 경찰조사 사건까지 상세히 그리고 있다. 황해도 고향에서 지주의 몸종으로 착취를 당하던 주인공 '선비'가 인천으로 와 방직공장에 입사를 하지만 공장 노동자 일도 끔찍하기는 몸종 일과 별로 다를 게 없었다. 기계에 말려들어가 목숨을 잃는 처참한 일도 벌어지고 감독관에게 성희롱을 당하는 일도 허다했다. 선비는 이 끔찍한 일을 견디어내면서 노동자 조직화 일에 가담하고 이 땅의 노동현실에 대해 눈뜨게 된다.

강경애는 1921년 형부의 도움으로 평양 숭의여학교에 입학했지만, 3학년 때 동맹휴학 사건으로 퇴학당한다. 학교를 그만두고 서울에서 국문학자인 무애 양주동(1903~1977)과 동거한 사실은 유명하다. 강경애는 와세다대 영문과 출신의 양주동과 살면서 체계적으로 문학 소양을 쌓았다고 전해진다. 훗날 양주동은 그녀와의 과거를 다음과 같이 추억했다.

18세의 여학교 4년생으로 많은 문학사상 서류를 읽었다. 나의 권고로 근대문학십강을 졸업한 그녀는 다시 근대사상십육강을 흥미있게 공부하더니 어떤 날 그녀는 책점에서 다시 자본론과 맹자를

사가지고 와서 나더러 가르쳐 달라고 졸라대었다. 엄청난 지식욕
탐구열이었다.

1929년에는 ≪조선일보≫에 「염상섭씨의 논설 '명일의 길'을 읽
고」를 기고해 조야한 형태로나마 마르크스주의적 관점을 드러내보
인 강경애는 2년 뒤 같은 신문에 '강악설'이라는 필명으로 「양주동군
의 신춘평론-반박을 위한 반박」을 쓰며 옛 애인을 비판하기도 했다.

군은 아마 춘원을 동경하고 경앙하는 모양이다. 가령 군이 춘원을
우리 문단에 제1위로 올려놓고 본다면, 자신은 그 다음쯤 놓고 볼
군으로 보인다. 군은 그만큼 자부심이 많을 것이다. 사실 춘원은
문사 중에 제일 많이 독자를 가졌을 것이다(그러나 나는 춘원에게
좌단하려는 것은 아니다). 그렇기 때문에 군이 춘원을 논박의 목
표로 더욱 삼는 것은 춘원의 반박을 내심 갈망하는 것이 아니냐?
왜 그러냐 하면 제일 독자를 많이 가진 춘원을 자기선전적 도구의
대상으로 삼는 영리한 군인 까닭이겠다. 군은 삼년 전에도 어느
때인지 춘원과 열과 성이 없는 다툼을 한 것을 나는 기억한다.
내가 여기까지 써온 것도 혹 나 자신이 역시 군의 자기선전적 도구
의 대상이 얼마간 될지는 모른다. 그러므로 나는 길게 말하지 않고

오직 군에게 충고하는 것은 좀더 깊은 연구와 수양을 쌓은 뒤에 진지한 의식과 신중한 태도로 우리 문단에 빛을 돋워주기를 바라는 동시에 군의 대서특서로 —— 더욱 독장군 모양으로 —— 양 지를 장식한 평론은 도리어 우리 문단의 빈약을 폭로시킨 데 지나지 않았다. 이것이 어찌 나에게도 —— 독자의 한 사람으로서도 —— 관심사가 아니리요? 이것이 부르조아 문단의 몰락을 표징하는 한 비명이라면 묵과할 수 있으나…… 그러나 군도 프롤레타리아 문단에 얼마간 굴복이 되었고 또 반성의 기분이 약간 보이는 것은 다소간 진보되었다고도 볼 수 있을는지?

▶『신가정』1934년
10월호에 실린
『소금』의 마지막 회

『소금』은 강경애의 또 하나의 대표작이다. 『신가정』에 이 작품이 연재될 당시 마지막 회 일부가 먹으로 시커멓게 지워진 채 발간되었다. 최근 한만수 교수가 국립과학수사연구소의 도움으로 지워진 글자의 90% 가량을 복원하는 데 성공했다. 이로써 확인된『소금』의 결말 부분을 옮기면 다음과 같다.

밤 산마루에서 무심히 아니 얄밉게 들었던 그들의 말이 ○○떡오
른다. '당신네들은 우리의 동무입니다! 언제나 우리와 당신네들이
합심하는데서만이 우리들의 적인 돈많은놈들을 대○할수 있읍니
다!' ○○한 어둠속에서 ○어지던이말! 그는 가슴이 으적하였다.
소금자루를 뺏지않던 그들 ○○ 그들이 지금 곁에 있으면 자긔를
도와 싸울것같다. 아니 꼭 싸워줄것이고 ○○○내소금을 빼앗은
것은 돈많은 놈이었구나!' 그는 부지중에 이렇게 고○○○ 이때까
지 참고 눌렀던 불평이 불길같이 솟아올랐다. 그는 벌떡일어났다.

▶ 용정 비암산 자락의
「여성작가 강경애 문학비」

용정 서남쪽에 우람하게 솟은 비암
산, 일명 '가마산'이라 부르는 그 산 자락
길에 '녀성작가 강경애문학비'가 있다. 작
가 강경애를 조선족의 자랑스러운 문학
전통으로 삼으려는 취지하에 조선족 문
인들이 세운 것이다. 비석의 뒷면에는 강
경애에 대한 간략한 소개와 함께 다음의
비문이 새겨져 있다.

강경애는 다년간 룡정에서 살면서 최하층 인민들의 생활을 동정하고 올곧은 문학정신으로 간악한 일제와 그 치하의 비정과 비리에 저항하면서 녀성 특유의 섬세하고도 부드러운 언어로 아름다운 문학형상들을 창조한 우리 현대문학의 대표적인 녀성작가이다. 강경애의 문학정신과 업적을 기리고자 한국 녀성문인들의 사랑과 지원에 힘입어 이 문학비를 세우는 바이다.

저자 | 김병길

연세대학교에서 한국근현대소설을 공부한 후 숙명여자대학교에서 가르치고 연구하는 중이다. 저서로 『정전의 질투』(소명출판), 『역사문학 속(俗)과 통(通)하다』(삼인), 『역사소설, 자미(滋味)에 빠지다』(삼인)가 있다.

우리말의 이단아들

초판 1쇄 인쇄 2018년 9월 14일
초판 1쇄 발행 2018년 9월 21일

저자	김병길
펴낸이	최종숙
편집	홍혜정
디자인	홍성권

펴낸곳	글누림출판사
주소	서울시 서초구 동광로46길 6-6 문창빌딩 2층 (우06589)
전화	02-3409-2055(대표), 2058(영업), 2060(편집)
팩스	02-3409-2059
전자메일	nurim3888@hanmail.net
홈페이지	www.geulnurim.co.kr
블로그	blog.naver.com/geulnurim
북트레블러	post.naver.com/geulnurim
등록번호	제303-2005-000038호(2005.10.5)

정가는 뒤표지에 있습니다.
ISBN 978-89-6327-533-8 (93810)

* 「이 도서의 국립중앙도서관 출판예정도서목록(CIP)은 서지정보유통지원시스템 홈페이지(http://seoji.nl.go.kr)와 국가자료공동목록시스템(http://www.nl.go.kr/kolisnet)에서 이용하실 수 있습니다. (CIP제어번호: CIP2018029612)」

"이 도서는 한국출판문화산업진흥원의 출판콘텐츠 창작 자금 지원 사업의 일환으로 국민체육진흥기금을 지원받아 제작되었습니다."